"夜行猫"网络文学丛书

长篇小说

智能觉醒

银月光华

著

海峡出版发行集团

海峡文艺出版社

图书在版编目(CIP)数据

智能觉醒/银月光华著. —福州:海峡文艺出版社,2024.4
(2024.6重印)
ISBN 978-7-5550-3724-8

Ⅰ.①智⋯　Ⅱ.①银⋯　Ⅲ.①长篇小说－中国－当代
Ⅳ.①I247.5

中国国家版本馆 CIP 数据核字(2024)第 090985 号

智能觉醒

银月光华　著

出 版 人　林　滨

责任编辑　刘含章　蓝铃松

出版发行　海峡文艺出版社

经　　销　福建新华发行(集团)有限责任公司

社　　址　福州市东水路 76 号 14 层

发 行 部　0591－87536797

印　　刷　福建东南彩色印刷有限公司

厂　　址　福州市金山浦上工业区冠浦路 144 号

开　　本　720 毫米×1010 毫米　1/16

字　　数　180 千字

印　　张　14.5

版　　次　2024 年 4 月第 1 版

印　　次　2024 年 6 月第 2 次印刷

书　　号　ISBN 978-7-5550-3724-8

定　　价　50.00 元

如发现印装质量问题,请寄承印厂调换

目　录

◀第一部▶

·
·
·

智能时代，开端

智
能
觉
醒
智

第 1 章

智能时代，开端

上海。

这座城市每天都在发生着变化，无数施工单位在这里创造辉煌。作为大国重器的研发基地，华铁隧道集团国家盾构及掘进技术实验室的最尖端产品正在这座城市的地下缓缓掘进。

这台装配有最先进的智能巡航控制系统的智能盾构是实验室与华隧智能的拳头产品，也是华隧智能首次在上海实施远程智能施工，施工单位派出了强大的专家组阵容，包括曾经负责开发研究第一代大型穿江盾构机的总设计师汪承宇，以及第一代超小型城市输水盾构的研发者高薇，还有刚刚圆满完成俄罗斯地铁建设项目归国的总指挥张启源。

这一代专家组的多数成员刚步入中年，正值经验与能力的巅峰期。

华隧智能之所以如此高度重视此次施工，用上了拳头产品，派出了最强专家组，不仅因为是在中国首屈一指的大城市施工，还因为长距离跨江输水隧道盾构特殊施工环境。

智能控制中心里，盾构巡航控制系统对正在施工中的盾构机进行远程监控。这是华铁首次将大数据、5G网络及人工智能融为一体并应用于施工的新兴技术，是国内多家大型隧道集团竞相研制的技术制高点。

有了这项技术，盾构机不仅实现了对施工信息的智能感知，还将智能监控、综合分析、协同管理、数据应用四大模块有机结合在一起，通过智能决策与智能控制，最终实现盾构机自动掘进。

"巡航模式关键控制参数正常。"高薇报告着。

汪承宇一言不发地盯着屏幕。相比于那些年的青春正好，当年的小汪总工如今已两鬓斑白了。穿江隧道两段之间全长528米，最小转弯半径500米，隧道外径6.6米，内径5.9米。技术成熟的华隧智能对此类施工已经轻车熟路。

"超长距离越江输水隧道工程极易引起地面沉降，我们对其沉降规律进行了分析，系统地总结了盾构施工引起地面沉降的机理，研究了隧道埋深、盾尾注浆等对地表沉降的影响，并结合有限元计算结果对比分析，得出盾构法施工引起的地表沉降规律。同时也总结了现场监测的结果和地表沉降的控制方法。此次采用智能巡航及小直径盾构，一是检验成果，二是考虑到特殊地形，要避免人员伤亡。"张启源在一旁总结道。

汪承宇不禁动容。

盾构巡航控制系统界面干净整洁，汉字标识排列优美，各色块之间的设计既清晰又养眼，给人一种精美而不混乱的美感，一侧的盾构状态清晰显示着掘进环数、里程及掘进距离。

"平均日掘进十环，很了不起的成绩。"汪承宇终于用他那低沉的声音叹道。

"是啊，想当年我们拼了全力，最快也不过每天六环，如今有了智能控制系统，不再需要盾构司机没日没夜地进行高强度工作，大大提高了日掘进效率。"张启源在一旁慨叹道。

采用智能控制的盾构机可以同时调节平衡压力、盾构纠缠、同步注浆、盾尾密封，可以实现盾构机 24 小时不间断工作。

此时户外高温 37℃，在干净的控制中心，吹着空调就能把活儿干了。如果是过去，不深入一线搞一身臭汗甚至满裤管泥浆，非得被老一辈人臭骂一通不可。现在嘛……那台大地龙的所有状态一览无余，比在现场监工还要靠谱。

"当年要是有这套系统，'4·4 事件'就不可能发生。"张启源还是深以为痛。

当年的"4·4 事件"施工事故直接导致了志远大厦站的搬迁，直接经济损失 2.6 亿元。志远集团损失惨重，还让老前辈失去了一位战友。最重要的是这次事件差一点儿让华隧智能与国内首次成功的大盾构研发失之交臂，是华隧盾构发展史上的一道伤疤。

"有了智能系统就可以让施工更加精确，从而减少了因人工操作而引发事故的风险。"汪承宇不是不心痛那次事件，但那已经是过去的事了。未来的路还很长，一切都要向前看，他们现在看的这块屏幕数据精确，是一个时代的标签！

遥想当年恶劣的施工环境，能够取得今天这样的成就本身就是件很了不起的事，但汪承宇并不这么想。

"这次的活儿一定要做得漂亮，要知道这里可是上海，人家自己的隧道集团可是新中国第一个研发盾构机的大型企业，本乡本土的不请，非要请我们这些外来户，这证明了什么？"

智控中心里的不少年轻人是听着这一代人的传奇成长的，现在他们一脸崇拜地看着这个昔日的风云人物。

"精神，人家看中的是我们自老院长身上传承下来的不畏艰险、敢打敢拼、不惜牺牲生命也要完成任务的精神。大家都继承和发扬这种精神，我可不想因为一个小疏漏砸了自己的招牌，更不想听到老院长的骂声。"

莫说汪承宇与张启源这类脸皮厚如城墙的老手，连高薇这种富家大美人儿也不知道有过多少次被劈头盖脸训斥的经历。"老院长"这三个字不仅象征着一座时代的里程碑，更是三个人噩梦一般的存在，以老院长名字命名的"先河一号"可让这些人差点儿呕尽鲜血呢。

"我们对技术数值的苛求，缔造着技术的进步，所以我不希望在这里发生任何问题！"

话音未落，智能报警系统突然发出预警，红色的闪灯让控制中心里的所有工作人员一下子紧张到了极点。

"发生了什么事？"汪承宇惊讶地问。

身为总指挥应该第一时间保持冷静。但是，经历过无数施工问题及风险的汪总指挥突然有种不好的预感，似乎某些东西超出了他的认知……

如果是机械故障，哪怕问题稍微复杂些，哪怕盾构机正在地表下掘进，汪承宇也能想出几种解决办法，然而这一次却让他有种不安的感觉。

第2章

破产的追忆

碧波高新技术园区。

碧波大厦写字楼里有一间全天无法被阳光直射的房间，凌乱的办公室满地纸片，一个被临时改装成烟灰缸的咖啡杯堆满了烟蒂，江伦已经忘记手里夹着的是今天抽的第几根烟了，外面诺贝尔湖绿地的盎然生机，与自己办公室的满地狼藉形成鲜明的对比。

透过轻薄缭绕的烟雾，过去和未来在恍惚间切换着，意气风发的青春和灰暗的未来。还记得第一次摸烟，那是在尹文石的婚礼上，他是几人中第一个走进婚姻殿堂的，那时的大家对未来满眼都是憧憬，青春不散场的歌声回响在耳畔，那天江伦手中的烟没有点燃……

江伦讨厌烟，如同讨厌现在的自己，凌乱的办公室与窗外的生机全然不相配，这也是他最后一次站在窗前看外面的风景了。

如果选择重来，他不知道自己还会不会做出那个决定，青春的意气风发似乎就在昨天，再转眼已是物是人非，曾经高喊着"未来属于人工智能"的江伦如今连自己最心爱的宝贝也保不住了。

创业的时候欢聚一堂大谈未来，破败的时候只有姚智宸陪他喝酒，走着走着就散了，那些激扬着热血的过去只能留在回忆里了。

姚公子说他还会想办法，面对公司破产债台高筑，这个把上海市区的祖宅都卖出去的男人，似乎已经没有任何的办法了。

尹文石，那个永远把自信挂在脸上的青年，早早地选择离开创业团队，去了竞争对手的公司担任副总裁。柯静曼，不知道她对自己还有没有那么一丝留念，但江伦依然爱着她，只是不知道自己还有没有资格去爱，拿什么去爱。

如果再回到原点，自己是爱"妙妙"多一点还是爱柯静曼多一点？

望着空荡荡的机房，江伦黯然失色，这里曾经是他们希望开始的地方，更一度被热捧为青年创业的典范，可成功的时候花团锦簇，失败的时候冷冷清清，谁能理解他现在的心情？又有谁还能回想起那个希望之光燃起的时刻？

他该收拾些什么？也许是某个活动让人喜欢的纪念品，也许是那些挂在墙上的奖状，直到他的目光落在已经倒扣在桌面上的相框时。伸手扶起已经落满灰尘的相框，四张对着镜头满是笑容的脸映入眼帘，姚智宸、尹文石、自己和柯静曼，那是他们赴美参加机器人世界杯竞赛时的一张合影，当年他们顺利拿下了年度冠军。意气风发，也许青春烂漫更适合形容那个时候的他们，一扇大门为他们打开，那个时候在他们眼中前进的道路是无限宽广的，仿佛没有什么能拦住他们。

一年之后，他们成立了公司，四年后公司破产人去楼空，市场真是个大潮啊，自己终归太年轻了。

走了，该走了，除了回忆，这座城市已经没有自己的容身之地……

门被推开了，姚智宸的身影闪了进来，他戴着鸭舌帽，穿着地摊十几块钱的 T 恤，一条破洞牛仔裤看不出是故意做旧的还是一直没洗，穿着洞洞鞋的他拎着两袋生煎包，一边递过来还一边往嘴里塞。

"昨晚酒喝多了呀，一大清早科技园也没个卖早餐的，我这可是大老远从大壶春排长队买来的呀。"

这个时候还能一脸轻松的也只有姚公子了，他何尝把自己打扮得这么邋遢过？

这支失败的创业团队有三个核心，江伦和尹文石是技术核心，柯静曼是公共和行政事务核心，姚公子就是精神加经济核心。最初提议创业的是他，长明科技发展至瓶颈后成立新公司的钱也是姚公子倾家荡产提供的，然而江伦就像个吃钱的机器，他和他的妙妙生生把公司拖垮了。

"你愁什么？追忆科技没了不是还有长明嘛，幸好当初分割得早，不然连翻身的机会都没有。"

江伦苦笑："长明已经被债务压得喘不上气了，能不能起死回生还是未知数。"

"事在人为嘛。"姚智宸似乎真的一点儿怨气也没有。

"老大，我已经决心离开了，不能再拖累你了，你家祖宅还没赎回来呢，就不要管我了。"

姚智宸干咽了一个生煎包，一脸不耐烦地说："什么你的我的，不都是我们的嘛，破产是一种市场手段，我们还年轻，翻身的机会多的是，你现在拎包想走，怎么？不搞人工智能你去干人工啊？"

"我们……"江伦有点儿鼻酸，他叹口气说，"还有我们吗？"

尹文石的出走给了他们一记重创，柯静曼的离开又让他们丢了左右手，姚智宸一个人顶三个人的活儿，当然这不是公司的正常状态，只不过结果更糟了。常年担任公司 CEO 的尹文石和斯塔基集团搞出了一份信贷合同，那种国际资本真的是吃人不吐骨头，几年的交情一点儿用也没有，说丢下就丢下了，人家卷了钱走，把所有问题都抛给这个弱小的团体。

这是市场，怨不得人家。

"真要走啊。"

大学时代就在一起，姚智宸清楚江伦是个什么样的人，从这个态度就能看出他是铁了心离开了。

姚智宸最后一点儿食欲也搞没了，他丢下生煎包，很是抓耳挠腮了一番，似乎是在想还有什么办法挽留。

"没用的，我已经收拾好了，今天就是来看看，再看一眼这个地方。我要回老家了，这几年一直忙，连春节都没回过家，是该回去好好看看了。"

"你要这么说也行，先休养一段，等我找到办法你可得回来帮我。"

"你还敢让我来吗？"

重大决策失误，江伦的负罪感与日俱增，连他自己都无法面对自己，又怎么能对得起昔日的同窗好友呢？

"看你说的，我们只是差了那么一点儿，这次有经验了，等我们缓过这一口气，肯定要卷土重来的嘛。"

江伦点点头："那我走啦。"

行李箱早就收拾好了，大包小裹的连背带拿，除了些常用的衣物，倒也没有多少其他的东西。

"怎么？这些奖状和证书你不带走呀？"

江伦看了一眼那些装裱在墙上的奖状，它们是这间破败的屋子里唯一看上去还算精美的东西，四年来他们获得了很多荣誉与鼓励，也曾一度被誉为行业明星，在人工智能创业者如雨后春笋出现的阶段，他们也曾经耀眼过。

"不拿了，都过去了。"江伦的声音不算萎靡，却也没有什么中气。

"也行，我先帮你收着。"

"不需要了，都丢了吧。"

"老三啊，我该怎么说你，得意的时候有些忘形，失意的时候又走向另一个极端，人生坎坎坷坷很正常，你要拿得起放得下。"

"话是没错，可该怎样拿得起呢？还是放下吧。"

姚智宸难得严肃起来，神色复杂地看着江伦，缓了一口气劝道："你那不是放下，是放弃，摸摸你的胸口还是不是热的。"

江伦错愕，一向随性的姚智宸能说出这样一番话是他始料未及的，自己是失败了，可不能丢掉热血啊，曾经的誓言就真的这样轻易放弃了吗？

一只大手拍在江伦的肩膀上，姚智宸语重心长地说："回去休息一段时间，好好冷静一下，想好了再回来找我，这个带上。"

"这是……"

正说着，桌上的电话铃声突然响起，那是追忆科技公司唯一的一台固定电话。但是现在，在智能手机时代里，唯一忠诚值守的居然是这台老式电话。

第 3 章

最后的责任感

电话响到第五声，江伦接起了电话。

"喂……"

江伦声音低沉，另一边显然急迫得要命。

"是追忆科技人工智能有限公司吗？"

是个男声，语速很快，语气里透着迫切，即便现在头脑仍然昏沉的江伦也听出来了，一定是有什么严重的事情发生了。追忆科技已经是一个过去的名词了，但江伦习惯性地回答了一声"是"。

"太好了，是这样的，我们是华隧智能盾构及掘进技术股份有限公司，正在上海实施越江输水隧道盾构施工，你了解盾构吗？"对方的声音很急迫。

尽管是通电话，但江伦仍然点点头说："知道一点。"

"太好了，我们现在施工所用的盾构机正是最先进的智能巡航盾构机，然而智控中心的巡航系统出了故障，联系了卖家公司后对方的技术人员表示无能为力，必须找到原创开发者，我们也是费了九牛二虎之力才找到这部电话，这里情况紧急，我长话短说，请问贵公司有没有懂技术的人员在？"

听着对方连珠炮似的口气，江伦似乎想起来，追忆科技成立以来效益一直不算太好，为了保证公司的正常运转，曾经接过一批外包的活儿，涉及盾构机的应该是一套智能巡航系统的核心引擎。当时公司资金紧张，这个项目才卖了3万元，至于后续的事情就和追忆没关系了。

江伦开口拒绝了。

对方却以一种让人无法拒绝的语气说道："如果盾构机长时间停留在原地，停机过程会导致盾构机欠压，从而发生下沉现象，智控系统虽然保证了地下人员的安全，但一个十几亿的项目就此搁浅了，还会给地表带来破坏。这里是上海，密集的地上建筑会成倍增加事故风险，经济损失姑且不论，人员伤亡将不可避免。请你务必考虑一下这个严重的后果，如果你肯帮忙，我们华铁上下将感激不尽，上海市民也将对你感激不尽。"

"这……"

江伦的脑子清醒了些，他听出来了，这不是邀请，而是必须！

对方在等他的答案，这个过程时间并不长，但一次紧过一次的呼吸声让江伦生出了不可推卸的责任感，他终于长舒一口气说："好吧，我去，告诉我地点，另外我该联系谁？"

"谢谢！我叫汪承宇！"

江伦抵达控制中心的时候，盾构机已经在原地停滞六个小时了，智控系统的平衡压力智控尚能发挥作用，数据目前还正常，但是谁也不敢保证下一秒会发生什么。

地底是一个比太空还要复杂，比海底还要不为人类所知悉的世界，即便人类拥有可以航行到太阳系外的飞行器，拥有潜入水下万米的潜水艇，仍然不能真正地探索地底环境，尤其是水层地下，每一个细微的变化都可能引发不可预料的灾难。

这是一个追求隧道施工零伤亡的年代，却是用昂贵的机器换来的。盾构技术好处如此之多，仍然有很多大型基建公司选择原始的矿山爆破法开凿隧道，最大的原因就是价格。如果条件允许的话，最好使用开膛破肚式的明挖法……

在新旧建筑林立的大上海，别说是开膛破肚式的明挖，就是耗时稍长的地上施工都会影响这个城市的运转，更何况这座城市有着复杂的地下结构，使用盾构这种技术进行地下施工是必须的，但是一旦出现事故，后果不单单是经济损失的问题。

这套先进的智能盾构巡航系统还是在上海交易博览会上，华隧智能花了大价钱买来的国外先进技术，首次应用于盾构施工，在实验场地也做过多次模拟试验，证明了安全性的可靠，为什么到了实际施工就出现故障？

百思不得其解的不只是这些控制中心的施工人员，还有匆匆赶往现场的江伦。

该网络人工智能引擎曾经是公司开发的拳头产品，虽说卖了可惜，但是当时正值机器人研发的关键时期，公司需要大量金钱做支撑。

江伦是直接负责研发的，对系统引擎的性能还是很清楚的，该技术即使拿到现在也依然有升级空间，如果说出现故障，无非是模糊化处理故障、人工神经网络故障、模糊神经网络故障、专家系统故障或者遗传算法故障，排查故障需要一些时间，但总不至于束手无策吧。江伦还带上了自己的笔记本电脑，里面存储了当年开发的基础资料。

虽然知道去的是类似工地的地方，但到了之后还是让江伦眼前一亮。通道干净，摆放整洁，如果不是标准化的围挡和施工用的移动铁皮房，还以为到了哪家社区呢，江面上清波荡漾，完全想象不到那下面正有一条巨大的地龙在蠕动。

对华铁这样的大型国企，江伦还是仰望的，这些企业承担着国家安全基石的作用，可以说是国之命脉。在江伦还在做小小梦想的时候，这些大型企业早已踏遍祖国的千山万水，创下了一个又一个辉煌。

门口早有人守候，一听到江伦报上自己的名字，马上有人做身份验证，然后进行了消毒。

之后工作人员立即变得热情起来，热情到令江伦有种宾至如归的感觉，不一会儿他就按照作业流程穿上工作服、戴上安全帽，然后被带进了智控中心。

从外表完全看不出来这里面居然是简洁太空风的办公环境，大屏幕和一台台电脑错落有致，但是室内的气氛给人一种扑面而来的紧张感。

当一个40岁左右的中年人以一种极为亲近的态度来到自己面前时，对方简洁明了地开场。

"现在不是寒暄的时候，每一分每一秒都非常重要，麻烦您尽快处理故障。"

看周围人对这位中年人的态度，大概他就是现场最高指挥，有可能就是电话里的那位汪承宇。

江伦也没客套，立即坐在电脑前开始处理故障，随着鼠标和键盘的飞快操作，他进入了工作状态。

盾构智控巡航系统分远程控制和巡航模式两种控制方式，如今不论用哪种，盾构机均无法前进，系统自动诊断为故障后，施工被迫停了下来。正如汪承宇在电话里所说的那样，在输江隧道中停滞是件非常危险的事，地压导致的突水涌泥随时可能出现，这里已经看到地下传回来的画面，抢险人员已经装备齐全，随时待命，气氛十分紧张。

查看了一下系统内容，江伦清楚地发现，这套系统除了界面与自己当初设计的不同之外，核心完全是同一套引擎，正是被卖掉的那套，但是记录里显示该产品的卖方为美国斯塔基集团。

这个大公司可不得了，在人工智能和机器人研发领域一贯是走在世界前列的，唯一能与之媲美的是日本本田技研工业株式会社，即便德国也仅仅是在工业机器人领域比较强。

只不过……

江伦清楚地记得这项技术是卖给斯塔基（中国）有限公司的，但是现在这套系统却被标上了一家不起眼的小公司的名字。

被倒卖了！

这种市场行为屡见不鲜，没想到斯塔基集团也干这种事，这种贴上斯塔基标签的系统会比从开发者手里出手贵上几倍甚至几十倍，而小公司也可以声称这是自己的专利技术，从而提高市场地位。

斯塔基为什么要干这种事，该问问尹文石吗？

该集团在中国有办事处，但好像尹文石此时并没有在中国，尹文石出走之后几乎没有再和昔日好友联系，只留下一个再也没消息的微信号。

一想到与好友分道扬镳，江伦又是一阵感伤。

尹文石是一名才华横溢的研发人员，他的出走与自己有着直接原因，尹文石所控制的长明科技不愿意再为江伦的追忆科技输血了，连姚老大也控制不住这种情况的发生。

尹文石致力于人工智能在民生及实用领域的应用，而不像江伦一心只想培养超级人工智能这种难以实现的东西，也许当初听他的，公司未必会变成今天这个样子，破产的原因小部分在市场，大部分在自己……

看着这名年轻人阴晴不定的表情，汪承宇揣测着他是不是遇到了什么难题，一想到通电话时他说公司破产了，也就不难理解了，但是这个年轻人一进入工作状态便呈现一副古井无波的样子，屏幕上飞快闪过的系统指令，让这名成熟的高技术研发工程师有种眼花缭乱的感觉，发生故障一瞬间的不安正来自此。

人类从来不害怕深邃的大海与遥远的太空，黑暗森林之所以恐怖原因在于未知，当初领先拔尖，什么都要争先的汪总工在工程研发领域终于触到了未知的海洋，那种不安正来源于此，如果就此放任，那么不安有可能转化为恐慌。

就在汪承宇刚刚琢磨出一丝味道的时候，耳边传来年轻人毫无情感的声音。

"地下发生了什么情况？"江伦这话问得比较模糊，或许是他对盾构施工并不了解的原因。

汪承宇没有因为对方问题的突兀而不耐烦，立即调出施工资料详细地讲解了施工方案和盾构原理。

江伦听得认真，不懂的地方简单问了几句，似乎是理解了，他若有所思，然后很快又投入了工作……

"恢复正常了。"

"这么快！"

仅仅十几分钟，故障就解决了。汪承宇大吃一惊，十几名技术人员和原厂家都无法解决的事情，这个人仅在键盘上敲了十几分钟就解决了，这件事让这位经历过大风大浪的总工程师大有廉颇老矣之感，想当初自己也曾这样在别人面前露过脸的，但现在……

老啦老啦，真是时过境迁呀。汪承宇仿佛看到了十年前很多老对手的嘴脸，如今中国盾构机制造名扬世界，却在另一个领域再次被掐住了脖子。他不由得想到业内一件一直令人不安的事，员工们私底下传说华铁收购路德集团实际是上了外国人的当，花了大价钱买了空壳子，人家早已经开始转向信息和控制领域的研发了。

这种传闻虽说有夸张的地方，但也表明了盾构机领域已经开始向新的方向发展了。早在几年前，上海的同行就开始向智能化进军了，只是当时的华铁还沉浸在自己的丰功伟绩之中。

现在看来，骄傲得太早了，吾辈的责任和使命还没结束啊！

第4章

新时代的大国重器

"系统正常!"

"地质环境稳定!"

"施工现场正常!"

"……"

一系列的报告后,汪承宇稳坐在指挥位置宣布开机,监测镜头上显示盾构机已经进入工作状态,直到此时智控中心的所有工作人员才大大地松了一口气。

"好厉害!"汪承宇感叹着说,"过去哪次排险不动用十几个部门,上百人,甚至还要冒着牺牲人命的风险,如今只要在控制中心里动动键盘就能办成!你这个小伙子真的好厉害!"

江伦不知说什么,此刻他丝毫没有排险成功的喜悦,系统的核心引擎的确是他主持开发的,能为国家挽回这么巨大的经济损失,也是一件可以慰藉心伤的工作吧。

江伦又回到现实……

"不好意思,来了也没什么好招待的,喝点水吧。"汪承宇客气地递过一瓶矿泉水。工地就是这样的条件，连这些在操作系统前的工程师也是一身朴素。

江伦不好意思地笑笑，但是并没有拒绝汪承宇的矿泉水，昨晚一场酒，又抽了那么多烟，早已嗓子发干了。

一口气喝了大半瓶矿泉水，江伦礼貌地朝着汪总工笑笑。

"能冒昧地问一下具体是什么故障吗？"

这个问题一出口，汪承宇就察觉到对方似乎有难言之隐，连忙补充说："虽然对我讲了也可能听不懂，但还是想知道一下，毕竟咱们都是搞研发的，求知欲还是有点……"

江伦笑了笑说："我没有别的意思，只是故障诊断有一套公式的，不知道该怎么用语言形容。"

"打个比方？"40岁的汪承宇笑起来还像年轻时一样。

"打个比方就像我们遇到了陌生事物，不知道该怎么处理一样，智能系统在神经网络的自学与模糊规则遇到了难以确定的问题，导致其发生报警，所以刚刚我要问你地下的具体情况。"

汪承宇恍然大悟，刚才人家要问地下的情况原来是这个意思，专业领域不同嘛，一想到这儿他就有点庆幸自己刚才的沉着冷静，如果因为慌张没有解释清楚问题，那自己这个总工该负全责了。

两个人都是技术男，没有过多寒暄与客套，一起讨论技术问题反倒比较自在。

听着江伦讲述人工智能的产生与发展，汪承宇才知道原来自己平时接触的那些智能产品不过是弱人工智能，距离真正的人工智能还有很大差距，他惊叹得直咂舌，果然信息技术已经不新鲜了，未来是人工智能的时代，而机器人进入千家万户才是这个时代的开始。

尽管汪承宇也曾自诩进步青年，但在技术大爆炸的时代，他已经有力不从心的感觉了。

"真了不起啊。"汪承宇赞叹着，满脸感慨的神情。

江伦不好意思地挠挠头说："其实我就是随便说说，本来就是搞一些力所能及的研发，还不怎么成功。"

"这套系统不是……"

"这套系统引擎是我们开发的，但它们已经不属于我们了，再说……公司也破产了……"

江伦想起了伤心事，把头压得低低的，仿佛犯了错误的小学生。

汪承宇一阵唏嘘，在他看来，这个年轻人技术上是一把好手，阅历上嘛……唉！人家年纪轻轻就敢出来创业，想当初自己不是也差一点……

"别难过了，我看你技术还行，要不过来当个顾问？给开钱。"汪承宇生怕没说清楚，又特意补充了一句工资待遇从优，说完一双大眼睛忽闪忽闪地瞅着江伦。

江伦被这过度的热情搞得发蒙，但不知怎的，心中的难过的确减轻了几分。

"你怎么还是老毛病？到处挖墙脚！"

突然有一位大美女虎视眈眈地瞪着汪总工，那架势就差没当众揪耳朵了。

汪承宇故作矜持，清了清嗓子说："说过多少次了，工作的时候称职务，什么你啊你啊的。"

"知道啦，汪总指挥，现场那边有事情要你协调一下，还有盾构机停机所导致的一系列后续问题还要出一套方案，还有这次事故报告怎么写？"

汪承宇不耐烦地说："什么事故？是采购的时候陷了人家的坑，花大价钱却买到了二手货，如果不是这次恰好有小江在，恐怕真要出事故了。"

"不能吧！我们可是在上交会上直接交易的……"大美女的下巴差点没惊掉了。

一提起这个汪承宇就有点颓丧，拍着脑袋说："哎呀，谁让我们这么大的集团没人懂这个呢？"

"哦……那……后面的事怎么安排？"大美女有点结巴，似乎还没从惊愕中清醒过来。

汪承宇扬起下巴，指点着说："前面说的协调什么的交给张启源办就行了，方案问题你负责，我负责搞清楚这次事故的原因，不把根挖干净我愧对集团！愧对我老爸老妈，还有严爷爷、徐爷爷、我爷爷……"

"……"

听了汪总工这番不着调的说辞，江伦目瞪口呆，但对方似乎很习惯汪总工这番玩世不恭的口吻，一副媳妇儿训斥老公的模样，说道："什么这个负责那个负责，我看就是你想偷懒，还有，当着客人的面儿别那么不着调，丢咱们华铁的脸。"

话是这么说，大美女还是一扭身走了。

汪总工露出一张尴尬的笑脸："内人……在家里当领导惯了，出来也想当我领导，开玩笑，我……哎不说这个，不说这个……呵呵……"

"呃……"江伦一脸茫然。

"你是东南交大的？"汪承宇问。

"哦……"

"我们是校友啊。"

这位汪总工对江伦明显不是一般的感兴趣，唠完了家常就拉住他，总之就是不让走。

从智控中心谈到办公室，又从办公室谈到食堂，虽说华铁伙食还不错，但是被一个大男人这么不厌其烦地拉着，江伦还是浑身不自在，想找借口走，却又想到对方已经知道自己无事可做，这下连理由也找不到了。

不过交谈中江伦对这位看似玩世不恭的汪总工有了新的认识，就是他真的想解决智控系统国产化的问题。

"其实这种控制系统开发起来也并不难，我就认识好几家公司，有这个能力，问题就在于你们那个盾构机太复杂了，外来公司做的东西肯定不如自己研发的，我倒是建议把那个智能控制系统研发中心搞出来，你们应该有这个能力吧……"

听江伦这么说，汪承宇面露难色。

"也不是说不能，但你也知道，我们是国企，很多事情程序很复杂的，一些大型项目都要上报国家审批才行。搞控制系统虽然可以慢慢等，但是市场不等人，等待的结果很可能又被外国人摆一道，再超回来。虽说我们现在很强大了，但是总不能天天做着天朝上国的美梦吧，很多领域差距还是有的。"

之前做智能服务业务的时候江伦也接触过一些国企领导，像汪总工这种没架子，认识问题还这么清晰的不多，也许是搞研发的缘故吧。

不知不觉天已经黑了，汪承宇恋恋不舍地握住江伦的手说："我和你说真的呢，要是真的没事可做就到这个工地来，你直接向我负责，谁的话也不用听，包括我媳妇儿。"

一听汪总工提媳妇儿，江伦就想笑。想起高薇风韵犹存、美丽端庄，江伦不由得想起自己曾经与柯静曼一起工作的日子，两人虽然没结婚，但颇有几分夫唱妇随的感觉。

想到这儿江伦长叹了一口气，说道："谢谢您的好意，我决定离开上海了。"

"为什么？失败了还可以重来嘛，我这儿虽然惜才，但绝不做绑架的事儿，什么时候有机会你还可以走嘛。"汪承宇不解。

"不是这个意思……我……"江伦懊丧着说，"我父亲卧病在床很多年了，一直是母亲在照顾，大学毕业这么久了，我忙于创业，从来没尽过孝，如今还是回去吧……"

听江伦这么说，汪承宇也没什么好说的了，只得叹着气说："什么时候改主意了打我的电话，随时为你开机。"

"谢谢……"

就这样，江伦在汪承宇的注视下渐渐消失在夜色中。

"哎……看什么呢？"大门口，张启源拿了一个文件本找汪承宇签字，看着老伙计发呆的样子不解地问。

汪承宇从思绪中回到现实，长吁一口气说："张启源，你相信吗？"

"啊？"

"过去我们总习惯把国防和工业领域中的大型装备称为大国重器，但是现在我有预感，在未来，只有这些看不见摸不着，却实实在在起着不可估量作用的技术才是真正的大国重器！"

◀第二部▶

·
·
·

机器人已来

智

能

觉

醒

第5章

滴水湖畔

上海市临港新区。

美丽的滴水湖像一块碧玉镶嵌在东海之滨，清晨整座湖面弥散着薄薄的雾气，湖心那座名为"水滴"的雕塑若隐若现。

此时尚早，湖边的马路上没有多少车，不时能见到几辆智能驾驶汽车跑在街上做测试，湖边偶有几个晨跑的青年从环湖步道经过。依着栏杆，姚智宸端着一份煎豆腐，一边用竹签往嘴里送，一边欣赏着湖面的景色。

"这么大老板，早上就吃这个？"

一位穿着职业套装的短发女性缓缓地走来，她蹬着一双黑色高跟鞋，走起路来有节奏地响动着。

"哟，来这么早啊，离约定时间还差十分钟呢，我还以为能在吃完东西之后见你，失礼啦。"姚智宸把最后一块豆腐送入口中，然后把垃圾丢进垃圾桶里。

姚智宸在这里等的人居然是程新雪，他擦了擦手自嘲地说："哪里还有什么大老板呀，追忆科技破产，现在我也欠下一大笔债，睁开眼睛就是还钱呀，倒是你没怎么变。"

程新雪理了理耳郭边的秀发，微笑着说："姚公子开玩笑了，这个世界上唯一不变的事情就是变化，我已经不是从前的程新雪了。"

姚智宸怔了一下，随后换了一副面孔笑着说："来，咱们重新认识一下。你好，我是姚智宸，现任长明科技信息公司董事长兼总经理。"

程新雪微微一笑，大方地伸出手说："我还以为业内令人避之不及的姚冷面转性了呢，没想到还像大学那会儿一样不着调。"

姚智宸不为所动，摆出一副一本正经的严肃模样说："这可不是开玩笑，大学是大学，现在我们可是正经的商业谈判，只不过谈判地点清新了一些，如果程主任对这个地点有意见，我可以召集我的管理层，咱们重新约个地方谈判。"

不知道姚智宸是不是在开玩笑，程新雪也收起了笑容，一本正经地说："既然姚总这么说，那我就开诚布公了，你我在这个地方见面景色是美了些，但的确不适合谈判，而且也不符合谈判的基本条件。但是作为同学，我可以提供一些业内相关信息，当然是在不违反保密规定的前提下。"

姚智宸点点头说："那太好了，谁不知道你程主任是临港集团的高级管理人才，区域经济协同发展部的重要性我还是有所耳闻的，您程主任的脚跺一跺，这长三角的经济带都得跟着抖上三抖。"

程新雪不好意思地笑了笑说："姚公子财大气粗，就不要拿我这个打工的小女子说笑了。"

"没说笑，现在的临港高新区，往小了说是重点试验对象，往大了说是带动长三角经济带乃至全国的经济改革，尤其是在高新技术企业中间，你的一份报告可以决定企业的命运啊，你说你厉害不厉害？"

程新雪脸上最后一丝小学妹的羞涩也没有了，她以完全的职场女性的口吻说："好吧，我姑且把这话认定为赞扬，是对我工作的肯定，如果姚总约我来不是叙同学旧情的，那么我猜一定是有正事。"

　　姚智宸点点头说："当然是有正事，我们一直在碧波高新技术园区，那里除了政策好，还有好的氛围，现在想把重心转移到临港，你得帮我。"

　　这不是请求了，而是近乎命令，可程新雪早已不是当年的小学妹了，姚智宸有什么底气这样说话呢？

　　"帮江伦！"

　　姚智宸补充了一句，瞬间让程新雪陷入回忆，但恍惚也就几秒钟，她又回到公事公办的态度，连说话的礼节性都没有丝毫变化："我们临港今年初就与碧波签订了框架协议，碧波科技临港高新技术园区也正在建设中，虽然现在暂时遇到了些困难，但是我相信未来是美好的。"

　　姚智宸微微有些失望，但他依然健谈："这些新闻上公开的事我都知道，但是有一点你要明白，追忆科技是我们大学时代以来的梦想，现在分崩离析不是我们想看到的结果，我们有技术，但是玩不转资本，而这方面你们才是强项。"

　　"哦？"程新雪露出一丝玩味的笑容，这真的是她的真实的面孔吗？只听程新雪问道，"一个破产的公司，四个心不齐的创业人员，你凭什么认为临港会帮助这样一个公司呢？不错，我们是专注于小规模公司投资，也支持民族高新技术企业，但你们的现状……恕我直言，你们四个人还能聚在一起吗？"

　　姚智宸是做足了功课的，他不假思索地说："其实不需要四个人都在，只要有一个核心点，重新聚在一起只是时间问题。这十几年我们在市场上摸爬滚打，队伍还是过硬的，而且我们现在掌握着一项未完成的核心技术，江伦把它称为妙妙。"

"妙妙？"听到这个名字的时候，程新雪的表情发生了变化，猛然间她仿佛回到了大学时代，那个沉寂的深夜，在现在看起来已经老旧的机房里，那天，那番对话，那个共同的梦想。

"你们……成功了？"

姚智宸重重地点头道："深度学习，是的，我们成功了。"

程新雪陷入了沉思。

姚智宸补充道："现有机器人是依赖于 CPU、DSP 或 FPGA 实现控制，但是我们研究的智脑是在云端接受大数据训练的，克服了传统人工智能存储空间的困扰，从而实现自我学习功能，该系统拿到国际上也是非常先进的。"

"如果有这个，你们为什么不早一点儿拿出来？也不至于……"程新雪不无忧虑地说。

"江伦认为它还不完整，现在拿出来容易给他人作嫁衣，别忘了我们是怎么起家的。"

"斯塔基！"程新雪认真地说。

那是一个梦，一个无限美好的梦，人工智能实现自我学习就可以突破人工的限制，在自动驾驶、图像识别、机器翻译等方面起到不可替代的作用，这一点追忆科技想到前面了，但他们的实力太弱，在这个市场大潮中还没等翻身就被海浪席卷撕碎。

"妙妙的核心在硬盘里，我已经把它交给江伦了，我相信他一定会回来的。"

姚智宸说完这句话，俯在栏杆上，眺望着宽阔的滴水湖，他还像当年那个深藏功与名的姚老大一样，不论他们的团队怎样，他都会站出来，现在他能做的已经做完了，临港是他最后的希望，至于程新雪怎么选择，那是她的事……

"我可以帮你们。"程新雪的话带来了新的希望，不过她马上话锋一转，"但在帮之前，你们必须把所有的事都讲清楚，不能对我有所隐瞒，我会在管委会等你们，带上你们的全部计划和技术细节。"

她像一道凌厉的风，头也不回地走了，昔日那个娇小的身躯终于把自己炼成了一把利剑。

看着这道背影，姚智宸想起了当年西雅图机器人世界杯竞赛夺冠后回国的那次饭局上，程新雪把一个白色的捕梦网交到柯静曼手中，然后也像今天这样一步也没有回头地走了。

第 6 章

文森特·亚希伯恩

文森特·亚希伯恩和他哥哥一样高大，只是更壮实一些，包裹在一身雾霭蓝色的西装下，显得格外有身份，不过他已经谢顶了，只能依稀地从面庞上看出他和丹尼斯·亚希伯恩有些许的相似之处。

第二次上海之行，斯塔基的接待规格高了很多，他们不用在前台坐冷板凳，而是有专员接待。

当李英勋告知四人中国区总裁要亲自接见他们的时候，几个人都有所感慨。

夺冠了就是不一样啊，想当初要赞助都得受李英勋的白眼，现在怎么样？丹尼斯的弟弟，中国区总裁要亲自接见。

美国一行虽然只有八天，但这八天里，他们的英文水平好像开了挂一样提升，原本不流利的对话现在已经很容易掌握了。

文森特的热情让四个人有点儿接受不了，他礼节性地握过手后每个人都要抱一下，连柯静曼也没逃过他的魔掌。

这家伙……

"欢迎我们年轻一代的英才来到斯塔基，不必拘束，就像在自己的家里一样。"

虽然是这么说，但四个人谁也不敢真的把这里当家，还是很严谨的。

尹文石做了代表，说道："感谢亚希伯恩先生的热情邀请，我们对贵公司的印象好极了，这里……嗯……怎么说呢？给了我们一种不一样的感觉，或许就像先生您说的那样，家……对，像家。"

"不必这样紧张，你们可以称呼我的名字，叫我文森特，或者强牛文森特。"说着他弯起胳膊，示意自己很强壮。

这到底是热情呢？还是……

这家伙一句也不提投资的事，反倒是山南海北地说了很多风趣的事，几个人赔着笑，却是如坐针毡。好在李英勋接过了话题。

"你们也看到了，斯塔基的办公环境是很好的，茶水间里随时提供咖啡和茶点，小饼干和小蛋糕这种食物也很精致，水果也是 24 小时供应，一切都和美国没什么两样。在这里人人都是平等的，上级只能在工作上领导下级，绝对看不到训斥下属的场面。我们可以给你们提供两个选择。一是与我们签订提前录用合同，也就是说你们虽然还在上学，但已经是斯塔基公司的人了，接下来的学费由我们负责，当然这里面也是有惩罚条款的，这个以后细说。第二是你们继续学习深造，但你们的研究成果属于斯塔基公司，你们没有权利为任何非斯塔基的公司提供技术，也不能被雇佣，当然学费也是由我们出，哪怕你们去美国或者日本留学。"

听了李英勋的话后，四个人明显心绪不宁了，他们不安地相互看着对方，电话沟通的时候他们说好见面商讨细节，可这个细节听起来诱人，但与四个人的想法完全不一样。

尹文石刚想开口，姚智宸突然坐不住了："我想选第三条。"

这个答案令李英勋有些意外，不过他面带欣赏地笑笑，示意对方说下去。

"感谢斯塔基的邀请，但我们不是来当员工的，我们看中的是斯塔基中投公司，如果可以我们想获得一份投资，计划书我们都带来了，你们可以过目。"说完姚智宸示意江伦把计划书拿出来。

江伦从文件包里拿出厚厚的一个本夹递了上去，里面是几个人在达成一致后用中英文对照写的一份创业计划。姚公子再一次发挥了他的人脉资源，聘请了专业的指导人员，所以单凭外观计划书就给人一种好感。

李英勋接过计划书耐心地翻看着，其间他不时地用英语向文森特解释着一些重要的地方。文森特看似频频地点头，但表情里已经露出了不耐烦的神色。

"不……不是合作，我请你们来参观公司是想让你们能更多地了解公司，我们有斯塔基，不再需要类似的企业了，相信我，没有比这里更适合你们的地方。创业？你们没有这个能力。"

文森特直接否决了这个计划。

江伦觉得自己该说点儿什么了，他有点儿紧张，英语说起来就不太熟练了："对不起，亚希伯恩先生，我想你应该听过比尔·盖茨的故事……"

话还没说完，文森特就连连摇头道："年轻人都喜欢听比尔·盖茨的故事，但是这个故事的背后还有一个故事你愿意听吗？"

不等四个人发表意见，文森特就转动着老板椅，跷起了二郎腿，一副教育后辈的模样说道："一个小女孩儿问富人是怎么致富的。富人说，我曾经在年轻的时候卖了一个苹果，然后用卖苹果的钱买了两个苹果。小女孩儿说，那你用两个苹果换了四个苹果？富人说，不，我用卖苹果的钱买了一个鸡蛋然后孵出了小鸡，小鸡再生蛋。小女孩儿说，原来你是靠鸡蛋发的家啊？富人说，不，我用很多鸡蛋换了一头牛，然后开始卖牛奶……"

四名年轻人被这个故事的简单直白给搞蒙了，这么大的总裁不会给他们讲一个商业差价的基本常识吧？

文森特继续讲道："小女孩儿说，原来你是从卖苹果到卖牛奶发的家啊，真了不起。富人说，我是卖了牛奶，但并没有因此而富裕，没多久我父亲去世了，因此我继承了他的遗产……比尔·盖茨的父亲是当地著名律师，母亲是大学董事，外祖父是银行家，而你们……"

他就差没把啥也不是说出来了。

文森特似乎很满意自己的表现，心情很好地说："斯塔基不会让你们有后顾之忧，只要全心全意投入到学习中就可以了，这样不好吗？要知道创业这种事不是谁都能做的，斯塔基集团仅一年的营收就高达 1200 亿美元，总资产更是雄厚得可怕，微软都有我们的股份。如果你们放弃了这份好意，我只能说很遗憾。"

这个时候的大学生含金量还是很高的，但也只能和普通人比，在斯塔基中国区总裁的面前根本不够看，他能亲自接见几个人已经是天大的面子了，再想提其他要求？无异于痴人说梦。

"我就说他们是不会帮我们的。"柯静曼受够了这口恶气，一出总部大楼就大声发泄。

"那你也没有必要把话说死啊，我们先前不是说过要三个人以上同意才能决议嘛。"尹文石有些怨气，刚才柯静曼把话说死了，人家连一分钟也不愿意耽误，马上就留给他们一个空荡荡的办公室，然后保洁员把纸杯都收走了，在很干净的地面上不断扫他们的脚。

"这根本就不是一场对等的谈判，我们根本没有谈判的资格。"江伦泄气地说。

"有什么大不了的，中国这么大，我们又不是非得靠斯塔基，等我毕业后就先搭起架子，咱们从最低层做起，将来让他们高攀不起。"姚智宸从来不知道气馁为何物，现在的他心胸大着呢。

"对！让他们高攀不起！"柯静曼坚决表示支持。

第7章

东南交大的骄子

"我觉得我们不仅应该投资，而且应该投资更多这样的公司，中投放着上千亿美元的资金就是干这个的。"

在文森特很不礼貌地拒绝了几名年轻人后，李英勋找到了他。

"我就不明白，你为什么对这种小投资感兴趣，我不想投资我们的竞争对手。"文森特一边抽着雪茄一边说，他很喜欢雪茄，储藏柜里放满了各种各样的口味。

正说着，李英勋的电话响了，他看了一眼号码，但是没有接："金在宇又在打电话了。"

文森特站在窗口夹着雪茄背对着李英勋说："韩国的投资要抓紧，DARPA 的补助少得可怜，没有我们，他们的研发就不可能继续。"

"我并不看好 KAIST，他们开口太大了。"

"亲爱的 Adair，你要知道投资越大回报就越大，你就是这个专业的，你懂的。"

"我当然懂，我不仅懂投资回报，也懂投资风险，KAIST 的实力虽然很雄厚，但他们的投资也是个无底洞，一旦我们投下去了就不得不跟投。人工智能是未来的，我们不能在现在下这么大的注，而且他们这次输了。"

"一次失败算不得什么，这些都是偶然的，VOS 队不是也败了嘛，长冈技科大依然位列世界顶级学府，而那个什么东南交通大学？哼哼……"

"这不是偶然，VOS 队就是败在这些人手里的，我在现场看得很清楚。"

"Adair，眼睛看见的未必就是真实的，要知道斯塔基可是个大公司，他们只需要给我们提供人力物力就可以了，我并不想扶持他们的技术，那是上帝赋予我们的权利。"

"文森特，我还是坚持我的看法，中国正在崛起，上海就是最好的例子，这座城市，我们进驻才一年多，你看变化有多快？他们自己要做的事我们是拦不住的，与其任由他们发展，不如掌握在我们手里，微软、苹果都是这么做的，我们不能学老福特。"

大名鼎鼎的汽车帝国创始人亨利·福特，晚年他对公司产品的变化缺乏敏感度和前瞻性，当市场对 T 型车的需求开始下降时，他拒绝改变，坚持生产这种已经过时的车型，从而导致了销量的下降。他未能及时调整和变化，没有充分挖掘自己的潜力，这使得公司在市场竞争中处于不利地位。李英勋拿老福特举例子，未尝没有暗示文森特的意思，但文森特的脑筋似乎有点儿不开窍，生硬地拒绝了他的建议。

Made in China 越来越多了，李英勋看到了未来，在无法说服文森特的情况下，他起草了一份报告直接发到了丹尼斯手里……

这个时代还没有深度学习的概念，可梦想一旦插上翅膀飞走，就再也飞不回来了。

江伦着迷了，他无时无刻不在惦记着如何让人工智能自己思考的问题，但他根本不知道前面的路有多远，一次无意的触碰让他思考到了一个世界性的难题。他开始研究恩尼格玛密码机，研究图灵机，从计算机的始祖一直研究到 Windows。他几乎彻夜都在研究，完全是一副痴迷的样子。

机器人摆在江伦的案头，那曾是他的得意之作，但现在这个得意之作对他而言没有丝毫吸引力可言，他希望机器能思考，直到有一天室友把他从思绪里拉回到现实。

"今天来了个厉害的大人物。"

"谁啊？"江伦不耐烦地说，他还在埋头研究他的程序。参加机器人世界杯竞赛最大的好处现在已经显而易见了，江伦把分给他的奖金全都投入这项看起来遥遥无期，似乎根本不可能完成的梦想中来。他买了配置最好的电脑，买了十几块硬盘，听了很多专家讲座，但最多的时间还是坐在电脑前不断地拓展自己无论如何也填不满的知识空白。

"谢向明啊，你没听说过吗？机器人行业领军人物，他这几天要在学校开讲座，我想你肯定愿意听。"

谢向明这个名字在中国机器人史上是绕不开的，在校时就被导师看中，还没毕业就被研究机构内定，在德国学习神经网络，回国后执掌深蓝机器人有限公司……一长串的履历让人看了都会头发晕。最重要的是，他是东南交大走出去的佼佼者，目前任职深蓝机器人有限公司董事长，名誉地位双一流。

江伦正苦于自学的成果有限，他迫切地想见一见这位成绩斐然的前辈。

讲座的事情早已传遍全校，有兴趣于此的学生趋之若鹜，怀揣梦想的四个人是一定要去的，在熙熙攘攘的人群中，江伦看到了程新雪的身影。那天她闯进四人的聚会后，把从美国带回来的捕梦网给了柯静曼，那可能是代表某种程度的和解，也可能是要和他们这些人彻底告别。也许是善意，可这种善意里透着某种决绝。

"看什么呢？"柯静曼发现江伦心不在焉，而且她似乎突然想起来最近已经有很长时间没见到江伦的身影了，有那么一刻她曾对这个男生产生过好感，但因为这个男生的不主动而渐渐消退了热情。

这个年纪的大学生热情往往快于爱情，或许在热情来的时候他们相信那是爱，但消退之后却并没有痛彻心扉的伤痛。

"哦，没什么……"江伦淡淡地说。

"讲座有好几堂呢，我们学校的不少人都希望能入他的法眼好加入深蓝。"尹文石说。

深蓝目前是国内唯一以机器人为主业的公司，已经取得过很多成绩，这个公司的前景很好，的确是一个理想的就业之地，但姚智宸不以为然地说："你们不要过早地把自己圈死，我们连斯塔基的邀请都拒绝了，为什么要去深蓝呢？"

"可……单凭我们自己能做出什么成绩呢？"柯静曼问。

"不要小看自己，这是一个最好的时代，我们大有可为。"姚智宸自信满满地说，"我们四个将来要做集团化的联合创始人，你们忘了吗？理想有多高，成绩就有多大。"

尹文石再一次表现出他的沉稳，说道："可是我觉得饭还是要一口一口吃比较好。"

"当然要一口一口吃，所以你们得相信我，你看当初我提议参加机器人世界杯竞赛是不是对了？"

四人深以为然。

"机器人其实离咱们真的不远，虽然我们不少人是从影视、电玩、科幻或者是小说里面理解的机器人，但机器人正在悄然扭转着咱们的世界。如今手机已经走进千家万户，越来越多的功能让人应接不暇，而且每年都在更新换代。在座的各位没用过计算机的人有多少？我想应该没有，这几乎是我们的必修课了，还有你们天天在大街上看见的汽车，是谁做的？是人吗？不，大部分汽车都是机器人在做，机器人在工厂、科研机构，但不远的将来就会出现在大街上，出现在你们的家庭里，我相信机器人时代已经不远了。在这里我要先祝贺我校的骄子们，我已经从报道里看到你们拿下了机器人世界杯竞赛的冠军，这是我校的荣光，更是你们的荣光，我相信他们已经来了，正在这座讲堂里和大家一样畅想着机器人时代的未来……"

此话一出，参加过 RoboCup 的 ASS 队五名队员立即被全体的目光锁定，即使在人群中他们依然显眼。

第8章

再赴美国

"请问谢老师，我们该如何实现机器人的自我思考？"

谢向明的讲座非常精彩，五个人在刚才的瞩目中算是和他用目光交流过了，当讲座接近尾声时，江伦举起了手，并问了一个很有深度的问题。

"这位同学姓名？"

谢向明并不苍老，如果单纯从外形上看，他似乎不像个科学家，但举手投足间却有一种让人不能拒绝的气势。

"江伦。"

"我听过你的名字，我还听过其他几位的名字。程明诚教授向我介绍过你们几个人，今天你提了一个全世界都在思考的问题，这很好。"

得到肯定之后，江伦并没有得意，任何得意的神色都没有，他不是在提问题，更不是故意给这位知名的专家难堪，他需要碰撞，需要一瞬间的灵感和火花，需要找到方向。

"想让机器人思考这是一个很复杂的问题，不是某个研究机构，也不是哪一个企业能单独完成的，这需要整个社会乃至整个世界的共同努力。想让机器人学会思考，我们就要先问一下人类靠什么思考。既然我们是按照人的标准来塑造机器人，那么就需要大量的学习和训练。我们学习靠大脑，机器人学习当然靠计算机。第二次人工智能浪潮的没落正是因为目前全世界的计算机硬件不达标，只能单独做某项单一的工作，而不可能进行复杂的思考。那么随着硬件设施的进步，机器人思考自然成了可实现的目标。"

谢向明的口才非常好，简短的话语逻辑清晰，但还不只如此。"想让机器人实现学习离不开神经网络，神经网络是一种模拟人类大脑中神经元结构的计算模型，它由大量的神经元相互连接而成。这些神经元之间通过连接进行交互，能够处理和传递信息。在神经网络中，每个神经元接收来自其他神经元的输入信号，并根据这些信号产生输出，输出信号再传递给其他神经元。这种信息传递和处理的方式使得神经网络能够学习和识别复杂的模式。有了神经网络还只是基础，我们需要大量用于训练的数据。人在认识一个物体的时候靠的是眼睛的捕捉，通过感官来区分物体的不同。假如让计算机识别梨子和苹果，就要首先让它认识什么是梨子，什么是苹果，这就需要视频和照片的收集。人类一个 3 岁小孩子都能轻易学会的事，计算机可能需要识别几万张照片、几百 GB 的内存才勉强可能做到，因为我们的摄像头技术目前只能做到以帧为单位去区分物体。这是一个笨方法，但也是最有效的。打败国际象棋冠军的人工智能表面上看不过是一台显示屏，但其背后有着一整片篮球场大小的服务器矩阵……"

江伦听得痴了，但渐渐地他开始兴奋，想到自己那十几块硬盘，他明白，自己的方向没有错，只是一旦明白了反而觉得自己很无力，像井底之蛙一样无力。也许头顶只有一片天的时候你会自信满满，但当你发现永远也不可能把天看全的时候你会觉得自己是渺小的，宇宙是恐怖的。

计算机视觉、自然语言处理、语音识别和游戏智能等，都需要训练，这种庞大的工程不是学校里的几个学生能做到的。

台下突然伸出一只小手。

程新雪的位置距离四人很远，明眼人一眼就能看出那是一种刻意的孤立，这个受人瞩目的天才少女越来越特立独行了，就连原本整日混迹在一起的智能社的高志学等人也看不懂了。

江伦的目光被这只举起来的手吸引，归国之后他再也没有和程新雪有过直接的交流，他很想知道这个破茧而出的少女现在又有了怎样的想法。

"谢老师，刚才您说过机器人及人工智能领域正在以极快的速度更新换代，我们能不能这样理解，假使今日一个仅仅能下棋的人工智能需要一座篮球场那么大的数据库，那么未来可能只需要一个硬盘，甚至一颗芯片呢？"

谢向明的眼前一亮，他显然认出了程新雪的身份，但他没有点破，而是赞许地说："你提出的问题是很有可能实现的。"

江伦豁然开朗，原来自己一直走进了死胡同，今天达不到的事未来未必达不到，就像汉字一样，有人曾经预言未来汉字会消失，但是随着汉字输入法的出现，汉字不仅没有消失，反而活跃在互联网时代。那么未来呢？

江伦失神了。他的失神被另一个人看在眼里，一股说不出的滋味涌上心头，恻隐？同情？不甘？爱恋？到底是什么连她自己也说不清楚……

课后ASS队的全体队员被召集到了科技馆里的一个房间，程明诚、谢向明、李嘉泽以及众多校方领导等着他们。当近距离接触到这些业内巨擘的时候，江伦谦卑地低下了头，直到他听到一个令人兴奋的消息后，才赫然抬眼。

"你们想不想再去一次美国？"

硅谷没有硅，却是个坐拥 3 万亿美元的高科技园区。就是这么个富裕的地方，以色列作家尤瓦尔·诺亚·赫拉利在其著作中戏称，即使占领了旧金山也抢不到硅谷里的钱。

硅谷是个传奇，聚集了当今世界上最优秀的高科技人才和商业天才。当四名年轻人行走在古意盎然的街头，在棕榈树下躲避炙热的阳光时，激荡的心仿佛插上了一双翅膀，已经迫不及待地要展翅高飞了。

谢向明安排他们前往圣路易斯华盛顿大学，在那里他们接受了著名的美籍华人顾自成教授的教导，在圣路易斯的实验室里，他们大开眼界，那里简直是机器人天堂。

第9章

机器人酒店

"如果有生之年能在这里一展身手，那这辈子才不算白活！"姚智宸算得上是几个人里最见过大世面的人了，此时他的眼睛都是发光的，恨不得把这里尽收眼底。

江伦用 GPS 搜索着目的地。

这一次程新雪没有跟来，她拒绝了邀请，也许她真的有了新的目标。想到在西雅图的那次对话，江伦的心里始终埋着对程新雪未来的猜想，但她已经决意离开，连在智能社也很少看到她的身影，偶然在校园相遇时，程新雪仍然会对他报以微笑，但并没有太多的对话，而且江伦自己也有很多事要做。

"GPS 可真方便。"姚智宸赞叹着。

这种最早为军事领域开发的导航系统如今已经完全对民间开放，民用 GPS 也可以达到 10 米左右的定位精度。

"我们以后也会有的。"尹文石很笃定地说。

"你不是在唱高调吧。"柯静曼半开玩笑地说。

"当然不是，我国是个卫星大国，GPS 也是靠卫星实现的，我相信很快我们就能应用上这项先进的技术。"

"如果技术封锁怎么办？"江伦突然插了一嘴。

"真是语不惊人死不休。"姚智宸说。

"不是没有可能啊，现在很多高新技术都受到封锁，远的不说，就说我校机器工程系最著名的盾构机项目，现在核心技术不是还被外国把控着吗？"柯静曼认真地说。

"这倒也是，我们自己不也一样嘛，本想向斯塔基中投申请投资，哪知道人家只想把我们当员工。"姚智宸说。

"这也是没办法的事，如果你开公司，会随随便便把钱投给几个大学生吗？"尹文石说。

"好啦好啦，快点走吧，我都快累死了。"姚智宸不愿意在这个时候煞风景了。

学习结束后，他们获得了一次实地考察的机会，这几个短期委培生的待遇令那些冲着顾自成教授名头考来的留学生羡慕不已。为期三个月的交换生时间里，大多时候都是顾自成教授亲自教导，更过分的是顾教授还为他们安排了实地考察，硅谷之行就是考察项目之一。

这大概就是冠军应有的待遇吧，一些留学生已经开始摩拳擦掌准备下一届的机器人世界杯竞赛了……

欣赏着沿海边的风光，没走多远就到了酒店。酒店从外面看上去和同类酒店没有什么不同，几个人正要抬脚进去，一辆行李车就停在了他们的面前。行李车与普通的行李车外观差别不大，最大的差别在于没有人推，是全自动的，而且还有智能语音。

"请放置好行李后随我到前台办理入住。"

"这么先进！"柯静曼目瞪口呆。

这种新奇的接待方式让江伦几人也惊讶不已。

江伦的双眼立即被这台行李机器人吸引住了，行李架、扶手、挂杆一应俱全，唯一不同的是它的底座，前端有一个摄像头感应器，来客人的时候它会自动感应到"人"的存在，然后开始执行它的工作。

机器人语言还很机械，但是对话却准确无误。

"智能语音系统，没什么值得惊奇的，顾教授不是说了嘛，美国从 20 世纪 80 年代就开始开发智能语音了。"尹文石说。

姚智宸却看到了它的商业价值，他端详着这台机器人，突然想到一个很早之前的计划："智能物流车那个项目还留着吧？我们可从这个上面找到灵感。"

尹文石恍然大悟："可不是嘛，智能行李车和智能物流车是多么接近的概念呀，只不过那个功率可能要更大一些，不过这应该不是问题，你的意思是？"

"这个项目我能拉来老爸的投资呀。"

"……"

酒店的前台一个人也没有，只有智能语音在与他们对话。

"办理入住需要确认您的入住信息，请输入您的姓名、性别、国籍、护照号码。"

"天呐！这是个什么东西！"

"我是给你们办理入住的大黄鸭，请问你们需要什么业务？"

柯静曼刚要说话，却被江伦拉住了，他上前问道："能切换语言系统吗？"

"当然可以，我这里有英语、法语、俄语、西班牙语、葡萄牙语等多个语种供您选择，请问现在需要切换吗？"

"怎么都是字母文字？"姚智宸下意识地说，没想到那台机器停顿了几秒钟后有了回应。

"对不起，目前我的功能有限，如果现有语言系统不能达到您的要求，请在建议栏上给我们提出改进意见，我们会认真考虑您的意见并做出相应的修改。"

"好啦，我们要办理入住。"尹文石用流利的英语回答道。

如果说上一次来美国让他们的英文水平突飞猛进的话，经过三个月的交换生生涯，他们的英语已经相当流利了，机器人的语言仍显晦涩，但并不阻碍交流。

下榻的这座酒店也是顾自成教授给他们安排的实习内容之一，这座刚建成不久的机器人酒店还处在试运营中，并未对全部游客开放，虽然功能尚不完善，但这代表一种趋势，酒店里除了前台外，还是能看到人的，只不过他们多数是技术人员，是来不断完善酒店功能的。

"我不仅可以帮你们办理入住，还能向你们介绍这座城市。圣弗朗西斯科，又名旧金山，是美国西海岸最重要的港口城市，这里是世界著名的旅游胜地，也是联合国的诞生地。临近世界著名技术产业区硅谷，硅谷是世界重要的技术研发基地之一和美国西海岸重要的金融中心……如果出行有不方便的地方可以尽管向我提出疑问，欢迎入住全美机器人酒店，祝您旅行愉快。"

在机器人滔滔不绝地介绍这座城市的时候，江伦输入了几人的信息，然后把一张张美元塞进自动收款机里。

房卡信息同步到行李机器人，大家在那台机器人的引导下来到电梯。

"客人分别入住三楼、四楼和五楼，请跟紧我的脚步。"

没有人去按电梯，电梯却自动打开了。

"电梯也是自动的。"尹文石赞叹道。

的确，除了在前台办理信息外，走进来后这里几乎不需要任何人工，行李机器人走到门口时，房间自动打开，干净整洁的房间看上去和普通的宾馆没有任何不同，但刚一进去就会获得一系列的介绍，包括语音控制的使用方法等。

"哎，老二，你说咱们和他们差距多少年？"姚智宸这次大开了眼界，不走出来不知道，参加过机器人世界杯竞赛的他们还真以为自己和世界先进水平差不多了，但是在经历过三个月的学习后，再看见这座智能酒店，他们彻底服气了。

尹文石看了看，略微思索后说道："十年或者二十年，这个说不清，人工智能领域的进步是跳跃式的，积累虽然很重要，但随着技术信息的解密，很多基础工作不需要再重复研究了，而且可以通过交流加快研发速度。"

"但国外都是公司在做这个，而且都是超级大公司，如果我们创业的话应该从什么方向开始？"姚智宸认真起来的时候显得格外严肃。

"我们应该从目前国内的空白技术入手，先申请专利完成原始积累。"尹文石的商业头脑也开始显现。

江伦补充道："这样的酒店我国目前建造不出来，但是智能家居已经引起广泛关注了，国产手机已经开始占据市场，AGV、工业机器人、水下机器人一直由大研究机构和高校在做，我们的实力有限，能力也有限，这种实体项目并不适合我们，我们更应该先从网络和软件入手，先从事一些有盈收的服务性项目。"

江伦此话一出，后背上立即拍上了一个大巴掌。

"行啊老三，水平见长啊，你能说出这番话我可是没想到。"

江伦被拍得七荤八素，差点儿没咳起来，不过他的注意力很快集中到床头柜上一个玩具娃娃样式的东西上，刚才的声音就是从这里发出来的。

"是扩音器，带语音接收功能的，我们的对话就是从这里被接收并传递到网络上的。"

目前的语言系统无法识别汉语，但如果用英语和它进行对话就会立即获得回应，前提是得按照语音操作流程。

"朱蒂，给我放一首轻松的歌。"

"正在给您播放 Karunesh 的 *Sound of the Heart*。"

"朱蒂"就是启动命令，发布命令前必须先呼喊"朱蒂"这个词汇，就像口令一样，如果没有这个口令，智能语音系统是无法接收命令的。

对编程已经很熟悉的他们非常清楚这是目前人工智能功能不完善所致的，人工智能无法识别哪些是给它的命令，哪些只是人类之间的闲谈，这种方法虽然会让人对人工智能少了亲和感，却很有效。

"你饿不饿？食堂在哪儿啊？"姚智宸捂着肚子说。

餐厅简直比前台梦幻多了，五颜六色的灯光下，一台台形式各异的机器人厨师正在上下翻飞地挥舞着铲子。

"机器人做饭？"柯静曼的嘴都要咧到耳根了，这太不可思议了。

"这是斯塔基的产品，你们看这上面还有斯塔基的商标。"江伦一眼就认出了那个醒目的商标。

"这家酒店该不会就是斯塔基的吧……"尹文石想到一个问题。

"说不定就是丹尼斯本人支持的项目。"姚智宸说。

正说着，餐厅的门口传来了脚步声和用英语对话的声音，四个人坐在餐桌边好奇地张望着，这或许是除了他们之外的另一批客人。当他们看见一个高大的外国人身影时，几个人的眼睛都瞪大了。

"天呐！是丹尼斯本人！"

第 10 章

天 赐 良 机

丹尼斯·亚希伯恩是一个人来的，但确切地说又不是一个人，他身边跟着一台机器人，当然不是足球赛上的那种两脚行走的类型，它的造型更加科幻，有点儿像《星球大战》里的 R2-D2，底盘是轮式的，跟随起来的速度并不慢，原来丹尼斯刚才一直在与这个机器人对话，这感觉就像……

"像遛狗……"姚智宸脱口而出。

不确定这位大总裁只是随便走走还是故意来的，也不确定他本人是否听得懂汉语，但几个人见到他带着笑意迎上来时都不约而同地站起身来。

"你们好，今天你们是我的客人，请随便坐。"丹尼斯的亲和力比在中国区当总裁的弟弟好多了。

客人？难道这场会面是他有意安排的？

丹尼斯并不解释，摸了摸一直紧随其后的机器人说道："他叫 Bob，是我的朋友，我正在对他进行训练。"

"Bob？"四个人睁大眼睛，好像只有这个时候才突然想起来，丹尼斯·亚希伯恩不仅是斯塔基的总裁，还是一位学者，他可是人工智能领域的顶尖代表。

训练？

看来这个机器人是正在研发的项目之一。

"很高兴再次见到你们，冠军们。"

丹尼斯显然还记得他们。

在四个人的印象中，大人物应该随时有一大堆人陪同，但在这里，除了一台机器人，他们没看到其他同行者，甚至不确定这次的相遇究竟是有意为之还是偶遇。

丹尼斯很随意地坐了下来，大家这才坐下。

"你们点餐了吗？"丹尼斯问道。

尹文石觉得自己应该起代表作用，于是礼貌回应道："还没有。"

"Bob，替我们点四份三明治。"

"好的。"机器人说完话后，传来一阵"喀拉喀啦"的数据运转声，然后就没了声音。

Bob也许就和房间里的朱蒂一样，是启动命令，只不过它的头部位置多了几个摄像头，那是计算视觉系统，相当于人的眼睛，它能做到跟随丹尼斯，显然和这套先进的智能系统有关。

很快，从送餐口位置走过来一个送餐机器人，也是轮式的，不过它不是自主的，而是靠着地上的一条条导轨定向。

见到四个人的注意力都集中在导轨上，丹尼斯解释道："自主不是不可能，但这里是餐厅，客人们需要不被打扰的空间，另外这里也不能像工厂一样拥有宽阔的场地，在人多的时候自主机器人的行动会受到限制。"

"这已经很先进了。"柯静曼奉承着说。

"尝尝机器人制作的三明治怎么样。"丹尼斯礼貌地谦让着。

说实在的，这东西实在不像印象中的三明治，更像是某种摊饼，不过既然是机器人做的也不能要求太高了。几个人分别尝了一口，味道一般，说不上好吃，但也不难吃，像是某种预制品，整个制作过程可能并非是由机器人一手完成的，机器人在这个过程中只承担了加热和简单的叠加这几个动作。

柯静曼吐了吐舌头说："太甜了，不合我胃口。"

丹尼斯笑笑说道："机器人完全替代人工需要一个时间段，我们现在的工作就是尽量让那一天早些到来，一些重复的、劳累的工作就交给机器人来做，而我们人类则去承担更高级的工作。"

"比如写诗作画？"看着丹尼斯亲和的样子，柯静曼的胆子更大了些。

丹尼斯没有接这个话题，像抚摸孩子一样抚摸着 Bob 说道："我从小就是个星战迷，梦想自己有一天也能拥有一台 R2-D2，现在我离那个目标更近了。Bob 还是一个试验机器人，我让它每天随着人类行动，以便更加深入地理解人类行为，做到更好的互动，现在他能分得清哪个是我，哪个是其他人，绝对不会跟错，但偶尔也会有犯糊涂的时候，没办法，谁让他还是个孩子呢？"

丹尼斯轻松的谈话方式博得了几个人的好感，他们开始不再拘谨。

机器人学习？

江伦对这个很有兴趣，他不知道问这问那是否礼貌，但丹尼斯的下一句话把他推上了前台。

"我很欣赏你们在 RoboCup 中的表现，我对你们的三轴机器人很感兴趣，我相信下届比赛的舞台上三轴机器人会成为主流，我想问这是你们谁设计的？"

三个人的目光都在看江伦，江伦不好意思地说："这是我从双向玩具车上获得的灵感。"

"灵感！"丹尼斯一副很有兴趣的模样，"对，灵感，这正是机器人所没有的，也是人类最宝贵的智慧财富。99%的劳动靠的就是1%的灵感。"

"咦？和我们学的正好相反呀。"柯静曼大为惊讶地说。

丹尼斯依然保持着淡然的微笑说道："在未来，99%的劳动将由机器人承担，而人类所需要承担的就是那1%的灵感。蒸汽机改变了人类历史的进程，计算机把人类文明上升到一个新的高度，但文明的进步依然需要靠人。这和我们斯塔基的宗旨是一样的，我们欢迎各路优秀的人才留在我们的公司，我们也将不吝惜回报，但我听说你们拒绝了斯塔基的聘请，能告诉我是为什么吗？"

"咦？连你也知道这件事啦？"

柯静曼比先前的表现还要夸张，这也怨不得她，因为四个人的表情几乎是一致的，他们从没想过大名鼎鼎的丹尼斯·亚希伯恩会连这点儿小事也知道。

想了想后，姚智宸说道："因为我们有自己的梦想，不想过早地被束缚在某家公司，甚至是某项技术领域。"

丹尼斯赞许地看了看他，说道："我很欣赏你们这种态度，那么你们能给我们讲讲未来十年内的计划吗？"

直到丹尼斯说完这句话，四个人才清晰地意识到，丹尼斯已经跳过了意向和谈判环节，直接对他们的投资计划进行评估了。

这场评估来得太突然，四个人没有准备，但这是最好的机会。不管是意外之喜，还是被安排好的，都将是天赐良机，按捺不住心中狂喜的几个人一时间反而不知道该从何说起了。

空气间的微妙停滞了几秒钟，江伦的声音突然响起。

"亚希伯恩先生，你相信未来的人工智能可以自我思考吗？"

第11章

机器人设计

江伦的提问让丹尼斯陷入思考，人工智能经历过两次浪潮，第一次从达特茅斯会议上，人工智能（AI）这一术语被正式确立，标志着人工智能学科的诞生。这一阶段只能被定义为初始，虽然取得的成果并没有直接给人类社会带来过多的直观改变，却大大激发了人类的想象力，《星球大战》《2001：太空漫游》这类作品充斥着人类对人工智能的想象。机器人领域的进步逐渐推进了第二次浪潮的开始，然而在2000年初，第二次浪潮似乎陷入了瓶颈。受限于数据量，神经网络的训练效果和性能受到了限制，计算机的硬件性能并不支持训练大型神经网络，而且神经网络本身的理论和算法也还不够成熟，缺乏有效的优化方法和正则化技术来防止过拟合等问题。

丹尼斯看着Bob，尽管Bob在普通人看来已经足够神奇，但明显不是他心目中理想的智能机器人。至于江伦提出的人工智能自我思考的问题，在外人看来那是科幻作品，但丹尼斯不是外人。

"我很高兴你能把问题关注点放在这里，但你也应该清楚就我们目前的水平，人工智能自我思考仍然属于科幻范畴，不过……"丹尼斯的表情为之一滞，他似乎在思考自己该不该说出这样幼稚的话。毕竟他是丹尼斯·亚希伯恩，一位 20 世纪 80 年代就在学界崭露头角的新星，在普通人眼里他代表着人工智能的里程碑，如果连他也不敢幻想的话……

"我相信我会看到那一天的。"丹尼斯的目光突然变得雪亮。

"那么这个就是我们的目标。"江伦满怀憧憬地说。

丹尼斯沉默了，一副陷入沉思的模样，在这个领域近二十年的光阴里，他也曾和这些学生一样，对未来充满畅想，也曾年轻气盛朝气满满，但真正进入研究领域后，现实和梦想永远不可能踏在同一条路上。成为斯塔基联合创始人以来，这家公司以蓬勃的力量打破了硅谷原有的平衡，把智能机器人作为商品的创举让他的声望和地位又上了一个新的台阶，但这一切离最初的梦想似乎越来越远了。

丹尼斯缓缓地站起身，像抚摸孩子一样抚摸着 Bob，慢慢地转过身丢下一句话："我希望今后家家户户都能有一台 Bob。"

他走了，没有留下答案，但他的背影给这些还在成长中的学生们留下了无尽的思考。

"你们有没有看过《星球大战》？"沉默了许久后，姚智宸问。

尹文石从阴沉中抬起头，并不十分愉悦地说："我们现在不应该把心思放在这个上面吧。"

"你们觉不觉得这个餐厅的布局很像《星球大战》里的酒吧？"姚智宸没有理会尹文石的话。

"你想说什么？"尹文石已经开始不悦了。

"我想说，丹尼斯·亚希伯恩是一个有梦想的人。"

尹文石激动地站起来，居高临下地说："姚公子，拜托你现实一点儿好不好？刚才我们浪费了大好的机会。"

"有吗？"柯静曼不明所以地问。

"当然有，你们难道没看出来吗？他是在评估我们，结果被……"尹文石看着江伦顿了顿，还是把想说的话说了出来，"结果被江伦一番莫名其妙的话浪费了这个大好的机会，我们应该趁机把我们的全盘计划说出来，这样我们很有可能从斯塔基获得一大笔投资。"

"投资了又怎样？我们现在又没有毕业。"姚智宸轻飘飘地说。

"怎样？我们研究了这么久，为的不就是投资吗？还有一年，一年后我就毕业了，还有你，你也毕业了，我们的情况将和那些毕业生完全不一样，我们将获得一个非常高的起点，我们……"

尹文石愣住了，他发现三个人忽然同时一言不发地盯着自己，好像自己是个小丑一样。

"我恰恰觉得老三刚才说出了我们都说不出来的话。"姚智宸说，"你去和丹尼斯·亚希伯恩讲投资计划？你认为他会有一个小手指那么大的兴趣吗？那种几乎算不得投资的投资能决定我们的命运，但对他们，对丹尼斯·亚希伯恩而言能打动哪怕一点儿他的心吗？"

尹文石颓丧地坐下，他理了理因激动而凌乱的头发，重重地叹了一口气。

江伦一言不发，柯静曼左右看了看，不知道该帮谁。

所谓的实习其实就是一次实地长见识似的参观，类似于国内经常组织的出国考察吧。

在斯坦福大学的机器人实验室里，他们见识到了比在圣路易斯更多的机器人种类，与日本痴迷于人形机器人不同的是，美国的研究方向更倾向于实用型，在这里可以看到很多造型怪异的科幻类型机器人，当然最重头的是仿生机器人。一只手电筒就能引导一个光感机器人移动，这样的设计简单便捷。斯坦福的理念是能简单的千万不要复杂，如果你需要一款能在海底移动并作业的机器人，你未必要把它放大到潜艇级别，很可能只是带有一个摄像头像鳗鱼一样移动的仿生机器人。虽然这些机器人的智能程度并不高，但更为实用。

自始至终，四个人也不知道酒店餐厅里的那次会面究竟是偶遇还是被安排好的，就像这些外表带着神秘色彩的机器人一样，你几乎不可能仅从外表猜测它的功能。

那次争吵后，几个人的心里都像隔上了一层什么东西，尽管还有说有笑，但气氛已经大不如前了。

如同对等接待一样，教授来了当然是教授接待，而学生来了接待他们的也一样是学生，这位拥有小麦色肌肤的女学生是斯坦福大学的一位在读生，但当她自我介绍的时候，几个人都不敢小觑了。

"大家好，我叫优莉，是丹尼斯·亚希伯恩教授的学生。"

仿佛此时大家才想到，丹尼斯还是一位著名学者，他的多重身份令几名学生感慨，一个有能力的人似乎在哪个领域都能做出成绩，而且身兼数职。

"这是一款海洋机器人，它可以下潜到深海 2000 米的位置，或许比起现有的深潜型水下机器人来说深度还不够，但是它具有一系列的优点，完善的传感器、简单的机械构造、仿生学的设计让它更适合在复杂环境下作业，最重要的是它的触觉神经，一种类似盲鳗的反应神经，它可以在水下通过触感自主改变行进轨道，水下作业时更为灵活，而且它的本身就是一条机械臂。众所周知，机器人越是复杂性能就越不好，优秀的设计往往是可遇而不可求的。"

优莉正在介绍的就是那条鳗鱼模样的机器人。

设计正是人类引以为傲的智力资源，但当看到这个精妙设计的时候，江伦脑子里想的不是赞美设计师，而是有了一个大胆的想法——如果今后设计的工作也被 AI 替代了呢？

第 12 章

梦幻般的开局

尹文石似乎一直有心事，在参观的过程中，他总是不时地四处张望，与众人交流的话也少了许多。硅谷是他们游历之行的最后一站，今天也是最后一天，他始终没得到自己想要的答案，也许这将错过一个大好的时机。

夜半，江伦房间的电话响了。

这个时间谁会给他打电话呢？当他接通后那边传来柯静曼的声音时，他的心神才回到现实。

"你应该也睡不着吧。"

"嗯。"

"明天就要回国了，你有什么想法？"

"我……"

"这几个月来我们学到了很多，也看到了很多，可我的心越来越不安了。"

"你……想到了什么？"

江伦坐起来倚在床头，目光落在床头的智能音箱上。机器人酒店尽可能地营造出一种未来感，几乎把语音控制应用到了极处，但这反而让他感到不方便，似乎一切本来能不经大脑思考的东西突然需要一个过程了。

"在继续求学和创业之间我做不出选择了，其实能被斯塔基录用也很好，这样的履历也不是谁都能有的，我……很迷茫。"

这样的迷茫谁都曾有过，江伦忽然意识到他、姚智宸和尹文石分别代表了三个不同的方向，按照这三个方向继续发展下去，三个人肯定要分道扬镳的，那柯静曼呢？她会选择哪个方向？

自从机器人世界杯竞赛以后，四个人发生了很大的变化，这种变化表面上看不出来，但实际上已经在影响他们的行为了。那一次柯静曼没有拿到赴美名额，虽然事后几人又重归于好，但她似乎已经游离于核心之外了，这一次几个人可以继续学习，但思维方式已经让他们之间产生了裂痕，如果说一开始是志同道合，那现在就是貌合神离。

江伦也不知道该如何安慰，现在他的面前仿佛是一条浩瀚的银河，而他自己则是根本观测不到的尘埃，以尘埃之力去照亮银河？那已经不是梦想了。机器人、神经元、神经网络、BT 训练算法、语音识别、翻译计划……

这些名词占据着他的大脑，让他无暇去思考更多的事。柯静曼？那个让他动过心念的女孩儿，现在正在向他求助，似乎与游离过几次的机会一样，只要他肯点头，就会戳破那一层隔膜，但这样的开局无疑是狼狈的。

一早，优莉来到酒店送别，她给了每个人一份《人工智能》杂志季刊，每本书的封面上都有丹尼斯·亚希伯恩教授的亲笔签名，这让他们感到安慰了许多。

"我真的很喜欢你们！"优莉的热情超乎每个人的想象，她这种直白的方式在国内是很少见的。

"我们也很感谢你。"尹文石代表大家回应道，"能成为亚希伯恩博士的学生，你真的很优秀。"

优莉却大大方方地说："其实应该说这句话的是我，他的学生很多，但我还从没见他对谁这么重视过，这些杂志是他亲手交给我，让我送给你们的。"

"亲手……"

几个人愕然了，本以为是优莉随机抽取的赠品，她是亚希伯恩博士的学生，有亲笔签名的杂志也并不奇怪，但……

这待遇也太高了吧。

尽管后来丹尼斯·亚希伯恩再也没露面，但这一赠礼有多珍贵几个人都心知肚明。

"他让你们好好看一看里面的文章。"优莉补充道。

几个人当场翻阅起来，目录里署名为丹尼斯·亚希伯恩的文章名为《关于汉斯·莫拉维克的预言的思考》。

"汉斯·莫拉维克预言？"几个人同时想到了什么。这是一篇对人工智能预言类的论述，文章表述了汉斯·莫拉维克预言到 2040 年，机器人将变得和人类一样聪明。他的观点在当时引起了广泛的关注，丹尼斯·亚希伯恩显然对这个领域的关注度很高。

"祝你们好运，希望我们以后还能再见面。"优莉微笑着向大家挥手告别。

看着优莉远去的背影，至少这一刻大家的心情得到了平复，交换生的生涯获益颇多，结局也算得上美好，尽管他们还不知道未来能遇到什么，但这样的开头已经超越了很多同龄人，甚至超过了很多前辈。飞机飞入云端的那一刻，一种不真实的感觉让他们恍惚，仿佛脚下的云就是巨大的网络世界，而他们已经站在云端之上俯瞰。

将来他们能成为这片梦幻世界的缔造者吗？

从旧金山到上海，漫长的旅途令人疲惫，各怀心事的几个人一路上也没做过多的交流。下飞机时已经是深夜了，拖着行李从国际到达出来，姚智宸有意招呼大家吃夜宵，却突然发现走在最前面的尹文石突然停住了。他刚想上前问一问，然而他自己的脚步也停住了，随后是江伦和柯静曼，他们几乎不敢相信自己的眼睛。

出口的大厅，接机的人陆续散去，李英勋迎着他们走了上来，递上了一份厚厚的协议书，然后没有过多的表情说道："你们的方案我给改了改，先拿回去研究一下，没有问题了到总部来找我。"

"等一下。"

李英勋刚想转身走，尹文石丢下了背包追了上去。

"你是说……"

"唔，就是上次那件事。"李英勋站住了脚步，侧身看着几个人。

"上次的事不是已经拒绝了吗？"尹文石仍然不敢相信这是真的。

"回去自己看吧，里面有一揽子框架方案，我希望你们能在最短的时间内补齐，要知道等着斯塔基中投钱的人还很多。"

狂喜。

目送着李英勋的背影，尹文石已禁不住狂喜，失而复得的投资方案冲淡了旅途的劳累，他们已经顾不上休息，直接在机场大厅翻阅起这份资料。

更专业，更详细，而且是李英勋亲自到机场送过来的。

"这里面不会有什么问题吧。"柯静曼喃喃道。

尹文石正在认真地一页页翻看，他看得很仔细，连中英文对照的语言歧义都仔细看过了，快翻到最后一页时他摇摇头："不会，斯塔基没必要和我们几个开玩笑。"

姚智宸靠在休息大厅的长椅上，长长地舒了一口气说："看来是丹尼斯给这边施压了。"

"可是他怎么会知道我们申请过这份投资呢？当时我们并没有告诉过他。"江伦说。

"这个中细节就不是我们能掌握的了，但这恰恰说明了一件事，我们有了一个梦幻般的开局。"

◀第三部▶

：

长 明 与 追 忆

智

能

觉

醒

第 13 章

长 明 科 技

一切就这样开始了，真的像梦一样，直到多年后回忆起来，他们仍然有一种受到命运之神眷顾的感觉。

可叹的是，命运好像是一把闭环锁，从斯塔基来，也因斯塔基而去。

从 RoboCup 中走来，时光荏苒，值得追忆的校园时光转瞬即逝，而早一年毕业的姚智宸和尹文石已经搭起了长明科技公司的架子。

"哎哟喂！热烈庆祝三弟、四弟毕业，我和老二早已翘首以盼，就等着您二位大驾归来了，来来来，看看咱们的公司。"

那一天姚智宸是真高兴，一身高档丝光毛料西装配上正式到近乎有些苛刻的黑色皮鞋，就算没有系领带也是商业派头十足。一见面他就张开双臂，对着柯静曼就作势要抱。

如果说上大学第一天时的柯静曼还留着少女的稚气，那么四年过后的她已经完全是一朵成熟的花了。四年前如果姚智宸敢这么做，柯静曼一定会撒开脚丫子瞬间消失在人群中，今天的她只是笑着躲开。

尹文石握住了江伦的手，他俨然还是当年的学生会会长，既让你感到亲近，又不失仪态，一开口就是正事。

"就等你们了，这一年公司的框架已经搭好了，长明科技的主要业务是软件开发，目前已经拿下三个大单子了，陆续还有几家国内大型网络公司正在洽谈中，有了斯塔基这块牌子在背后，我们的业务进展很顺利。"

"软件？我们先前不是说……"

"是的，人工智能，可公司得盈利，人工智能现在并不能成为独立业务存在，机器人产业又不适合我们这种小型公司，所以目前软件和弱电是我们的两块主营业务。"

"弱电？"

"哦，那是硬件部分，姚老大负责这一块业务，你来了可太好了，有人可以帮我了。"

"哦。"

江伦似乎就是被认定为核心技术人员的，虽然他的专业是机械设计，但这几年在人工智能上下的功夫都被看在眼里，他有这个资格，而柯静曼如愿走上了行政管理岗位。

"老大，你说我们这个公司算不算任人唯亲呀？"接风宴上，柯静曼调侃道。

"当然是任人唯亲，公司初创，核心人员必须是知根知底的。大企业的制度虽好，但对我们来说显然是不适用的，我们不能生搬硬套，再说你们的能力没有谁比我更了解了，咱们四个是一体的，你们可是联合创始人。"

从股份上说，姚智宸当然是大头，他拥有 49% 的股权份额，是第一大股东，但另三个人合在一起的股份达到了绝对优势的 51%，这就是一种微妙的制衡，他们虽然年轻，但对股份制并不陌生。这样做既尊重了出资最多的姚智宸，也平衡其他三人的想法。

酒精的作用下，话题不免又回到了校园，聊起 RoboCup，聊起交换生的生涯，聊起丹尼斯·亚希伯恩，最后又回到了校园。

尹文石得意地说："你们知道吗？最近居然流行起人工智能算命，也就是电脑算命，我这个乐呀……"

柯静曼大笑："要是人工智能会算命，那我岂不是可以预测未来了吗？"

尹文石说："我们早就预测了我们的未来，接下来我们还可以继续预测。"

姚智宸喝得有点儿多，舌头都大了："你别告诉我你预测到未来的老婆是谁？"

"老大又闹啦，你要这么开玩笑我就预测我们以后能得诺贝尔奖。"

提起诺贝尔奖，姚智宸好像突然清醒了，他打了个饱嗝说："对了，碧波高新技术园区正在招商，高新技术企业进驻可以减免 3% 的税点，我已经在洽谈这个项目了，刚好四弟可以给我打下手。"

"凭什么我打下手？以后这就是我的主业。"柯静曼刚毕业，但野心可不小。

"四弟呀，不是我小瞧你，谈判这个东西是需要在各种场合谈的，你们女生天然不合适。"

"谁说的？"

"别的我不说，就说喝酒，你行吗？"

"哼！瞧不起谁呀。"

众目睽睽之下，柯静曼拿过一个没打开的啤酒瓶，居然熟练地用牙给咬开了，然后又一仰脖，"咚咚咚"地灌了进去，速度之快令人瞠目结舌。这是谁也没见过的另一面，一口气灌下一瓶啤酒后，柯静曼居然脸不红心不跳。

当年他们也一起喝过酒，柯静曼总是推辞，实在拗不过了才抿上一小口，三个大男人总是让着她，没想到这么多年她居然一直在伪装……

"厉害！"姚智宸竖起大拇指，"有四弟做后盾，今后我可是如虎添翼了。"

"是呀，当年我们参加 RoboCup 的时候何尝想过有今天？"尹文石刚想感慨就被姚智宸怼了回来。

"谁说没想过，我早就想过，那时候我就说过要创业，对吧。"

尹文石好像突然才想起来似的，连连点头："对对，是说过，可那时候我们谁都不敢当真呀，说实话，那时候想得最多的是毕业后去哪儿应聘的问题，我还对斯塔基动过心呢。"

提到斯塔基，心头好像突然蒙上了一层阴影，斯塔基中投对长明科技进行投资自然是需要获益的，但他们着实看不上长明的这种规模。如果由斯塔基来做，他们一定会选择收益最大化的金融资本市场的方式进行获利，但对长明科技，他们选择的是技术获利方式。长明科技的所有新开发的技术斯塔基拥有无偿使用权，比如现在正在开发的智能物流车项目，技术一旦申请专利，斯塔基就可以不需要投入任何人力物力而轻松获得使用权，而且未经斯塔基公司的同意专利权不得转让。

这就好比一把锁，牢牢地锁在长明科技的脖子上，他们越努力，斯塔基获利越多，而永远也不可能解套。

"这样下去怎么行？现在的我们看似自主，却依然在给斯塔基打工。"江伦忧心忡忡地说。

"当然不行，所以我们现在要做的是尽快积攒原始积累，时机合适的时候分出去，成立新的公司。"姚智宸胸有成竹地说。

"成立新公司？"

"是的，这就是我们公司任人唯亲的道理，必须是心连着心一起的，否则就不可能做大做强。"

第14章

黄浦江畔的未尽之语

那一天，大家都醉了，为了方便，姚智宸给江伦和柯静曼找的住处很近，目送着姚智宸和尹文石离开后，一阵清凉的江风袭来。

"这里离黄浦江很近吧。"柯静曼裹了裹衣服。

时节并不是很冷，也许是她的酒喝多了，江伦也不想这么早离开，一路上他们坐了三个小时的火车，却因为挤在不同角落而没有过多交谈，此刻夜幕低垂，黄浦江的水波在夜色中微微荡漾，倒映着两岸的灯火辉煌。江风轻轻吹过，带着几分凉意，也带着几分醉人的温柔。江伦与柯静曼并肩而立，他们的目光都望向对岸，比起第一次来上海，浦东已经成了另外一番样子，东方明珠电视塔直插进低沉的夜，星星点点的灯光映衬着慵懒的夜，清新的江风微徐。

"今夜的风，似乎有些诗意。"柯静曼轻声说道，打破了两人间的沉默。

江伦微微一笑，眼眸中闪烁着柔和的光芒："是啊，好像在诉说着什么。"

柯静曼的明眸凝视过来，有一种温暖。那一刻，也许两个人都想到了什么，那些过去的日子，那些如梦的未来，清晰又模糊，四年来他们一直很努力，努力到几乎没有闲情诉说其他，也许有些东西就蒙着一层纱，彼此间都感觉得到。玉碧湖、九曲桥、湖边石、静岛……

这一个个亲切到细微的地名留着他们的回忆。

"静曼……"江伦的喉咙滚动着，似乎就差那么一步，在柯静曼期盼的目光中，江伦说出了一句煞风景的话，"你说人工智能，真的能走到那一步吗？"

有那么一刻，柯静曼目光变得黯淡，但她马上不假思索地说："我相信，人工智能终将改变人类社会，只是一个时间问题，现在看来那个时间或许真的不远了。"

没有企盼，没有豪情，就像现在的人工智能一样，是机械的、编程下的回答，近乎没有任何意义。

他们继续沿着江边漫步，夜色中的黄浦江既神秘又充满诱惑，两岸的建筑也形成了鲜明的对比，一边诉说着历史的厚重，一边不断地迎向新的未来。江风轻轻吹过，吹起了他们的衣角，也吹动了彼此的心弦，这次漫步又仿佛是一次抉择，前进还是后退？江伦不是个情窦初开的少年，他也想过对美好事物的追求，眼前是最好的机会，他想起了九曲桥上的牵手，想起了当时并没意识到的暗示，也许两个人的心曾经在某一刻碰撞过，却又像两颗儿时玩过的玻璃球一样轻轻弹开，也许他们只能相互吸引，却永远不可能融合，究竟结局是怎样的？

又是个不安的夜啊。

柯静曼突然停下脚步，望向江面，说道："江伦，你有没有想过，如果有一天我们的公司做大了，我们的事业成功了，我们会变成什么样子？"

江伦的目光闪烁着，他很想说我会陪在你的身边，但话到嘴边却成了："会变吧……但有些东西不会变……"

柯静曼的心微微一颤，她某种难以言喻的东西，差一点儿，就差一点儿了。她抬起头，与江伦的视线相遇。那一刻，时间仿佛静止了，他们的眼中只有彼此。

然而，就在这个关键时刻，柯静曼却突然别过头去，避开了江伦的目光。她心中涌起一股莫名的慌乱，仿佛有些情感即将喷涌而出，却又被她硬生生地压了回去。

"江伦，我们……我们还是继续走吧。"她轻声说道，语气中带着几分逃避。

江伦感受到了柯静曼的变化，他心中一阵失落，似乎这一刻的江风也让人惆怅，他只是默默地陪在她身边，沿着江边漫步，无法看透深沉夜的另一边。

"会变吧……但有些东西不会变……"

第二天，两人登上了东方明珠，俯瞰着黄浦江两岸，未尽之言就这样搁下了，越来越清晰的现实正迎着他们扑面而来。

四年后……

2008年，中国在这一年展露了腾飞之相。这一年，北京成功举办了奥运会，向全世界展示了中国的风采和实力。同年，"神舟七号"载人飞船成功发射，标志着中国航天事业的新里程碑。在电子产业方面，尽管面临国际金融危机的冲击，但电子信息产业实现了平稳增长，其中规模以上制造业和软件业的收入增长均保持了两位数。随着3G网络的普及，智能手机走进千家万户，随着人工智能技术的日益成熟和广泛应用，各国开始意识到该领域的重要性。

走在前列的长明科技乘上了东风，长明早已不是昔日的软件代工公司，入驻碧波高新技术园区后，长明俨然成了业内的一张名片，在机遇与挑战并存的时代，中国的科研机构和企业开始更多地投资人工智能技术的研发，积极推动相关技术的应用和创新，语音识别、计算机视觉、自然语言处理等领域的研究取得重大进展，中文语音开始普及。

"妙妙，帮我检索一段奥运会中国男篮对战美国'梦八队'的比赛细节……"

江伦的办公室简直就是一个硕大的机房，随着命令的发出，本就嗡嗡作响的计算机矩阵发出了更嘈杂的声音，近乎一分钟的时间过后，显示屏上出现了一段文字：非常抱歉，我不能满足您的要求，关于中国男篮对战美国"梦八队"是奥运比赛中受到瞩目最多的赛事之一。在中国男篮对阵美国"梦八队"的比赛中，虽然中国队最终以较大分差落败，但比赛过程中不乏精彩瞬间。姚明在比赛中多次与美国队内线球员正面对抗，展现了强大的防守能力和篮下威慑力。此外，中国队的外线球员也有亮眼表现，朱芳雨、王仕鹏等人频频外线发炮，一度让美国队感到压力。关于比赛细节部分建议您查找奥运会官网以及其他媒体的新闻报道。

"……"

受限于数据库，中文语音检索系统能够反馈的信息等同于没有，而此时，长明的服务器已经增加到几十台，相较于最初的几十块硬盘的开局，现在的数据量已经是当初的几万倍，但仍然不能满足人工智能开发的要求。妙妙，这个江伦寄予厚望的万用人工智能程序现在的智能水平……

6 岁孩子吧，江伦给出了一个大概的评估。

就在江伦想进行下一个任务时，办公室的大门被重重地推开，穿着职业套装的柯静曼怒气冲冲地冲了进来。

"江伦！"

第15章

纪 念 日

　　黄浦江畔的未尽之语让江伦四年以来一直带着遗憾，四年时光里，他也曾经试图再次寻找机会弥补遗憾，然而随着时间的推移，有些哪怕当时炙热如火的言语现在讲起来也是寡淡。

　　今天，柯静曼显然是来兴师问罪的。

　　"啪！"

　　一份财务报告拍在了江伦面前。

　　"你凭什么挪用其他项目费用？"

　　财务报告后面附带着的是一张他签过字的提款凭条，柯静曼不主管财务，但她在公司的权力极大，几乎所有部门的事她都有权过问，这是当初大家达成的共识，而柯静曼在执行公司制度这一方面一直做得很好，今天的事是因为江伦的智能语音开发计划后续经费的问题。

　　"我和姚智宸商量过了……"江伦不敢直视柯静曼的目光。

　　"经过股东会的同意了吗？你找我们商量过了吗？你知不知道会长那边的经费多么紧张？"

　　江伦低头不语。

柯静曼仍以会长来称呼尹文石，这是联合创始人才有的特殊待遇。四年来尹文石早已从主管技术走向了全面管理的岗位，有过学生会会长经验的他在公司管理方面确实比姚智宸要强，是性格原因，也是着眼点不同的原因。如今的公司尹文石说一不二，而姚智宸则逐渐有了闲云野鹤之姿，尽管他仍然是第一大股东。

　　"我们不是独立的公司，不能想干什么就干什么，你别忘了我们和斯塔基的协议里的惩罚条款，你研究智能语音很好，为什么还要搞额外的东西？"

　　江伦长出一口气，尽量平静地说道："因为语音只是人工智能的一个基础，它需要更多的东西才能理想化……"

　　"理想化？"柯静曼这次是真的动了怒，"为了你的理想化，我们的公司就必须破产是吧。今年的研发成果你什么时候交？"

　　"研发这种东西怎么可以苛刻地给出时间限制呢？"

　　"我不给限制，但斯塔基可不管，每年两项研发成果，这是我们协议里规定的，不然他们就会起诉我们，就会收回公司，一个月，再给你一个月的时间，智能音箱的项目必须成型，不然……"

　　柯静曼气炸了，她踱了几步，然后重重地丢下一句话："还有，你必须把挪用的钱补上。"

　　"我……"

　　就在江伦百口莫辩的时候，姚智宸急匆匆地走了进来。

　　"四弟呀，我的好四弟呀，这件事是我同意的，你要发火冲我来，你别为难三弟，他是什么样的人你还不清楚吗？"

　　姚智宸的出现缓和了气氛。柯静曼不好向他发火，但仍然一副恨铁不成钢的样子："老大！你怎么能这么做？你别忘了我们现在是公司，那些江湖做派能不能收敛一点儿？"

　　正说着，尹文石一脸严肃地走了进来。

四个人已经很少能聚在一起了，即使每年一度的公司成立纪念日，几个人也不像从前那样知心地交流了，话题更多的是公司业务。事业起步了，但几个人的关系却好像被什么东西冲淡了一样。尹文石权威日盛，俨然已经有了挑战姚智宸的资格，何况公司的欣欣向荣确实离不开他。

　　见到尹文石迈着沉稳的脚步走进来，姚智宸也不语了。尹文石用目光向姚智宸表现出问候之意，然后直奔江伦而来，他并没有像柯静曼那样大吼大叫，反而拍了拍他的肩膀，用一种前辈的口吻说道："追求极致的技术是件好事，可技术的投入也是个无底洞，不是我们这样的小公司玩得转的。有的时候你应该把格局打开一点，多从公司的角度看问题，这样你就会觉得你这么做有多么固执。"

　　江伦不是固执，是执拗，他没有正面回答尹文石的话，而是对着话筒说道："妙妙，给我解释一下固执的含义。"

　　"'固执'主要有两层含义。首先，它可以表示坚持不懈，这是一个褒义词，描述的是一个人对某种信念或目标的坚定和执着。然而，在更多的情况下，'固执'被用来形容一个人坚持己见，不肯变通，这就带有贬义的意味了。这种固执可能会导致人无法将客观与主观、现实与假设进行很好的区分，过分坚持自己的经验和看法，从而缺乏灵活性和适应性。"

　　随着屏幕上文字的跳动，一个清晰的电子音响起，耐着性子听完后，尹文石发现，自己虽然站着，却有一种被江伦居高临下看着的感觉。

　　"我姑且认为会长是在表扬我。自从两年前一种无监督学习的深度学习模型出现后，人工智能的训练变得更加可行和高效，通过计算机视觉、自然语言处理和语音识别，人工智能已经可以像人类一样去探索这个世界了，你能够想象在未来人工智能渗透到每一个行业甚至与生活息息相关的时代是什么样子。还是那句话，我们现在不追赶，以后就没有机会追赶了。"

尹文石的眼眸中飘过一丝只有江伦才能看得见的怨恨之意。

气氛一度很尴尬，原本只要姚智宸充当和事佬就能天下太平的时代过去了，尹文石还在不断地强调公司业务、资金链和面临的困境，虽然表面上看似欣欣向荣，可当更多的大公司发现这一领域的重要性时，他们会蜂拥而至，到时候长明算什么？能不能生存都是个问题。

就在几人仍然争论不休的时候，门被推开了。秦妍仿佛带着一股清新的风走进来，自信坚定的她充满了冒险精神，而姚智宸身上的冒险家气质终于成功地吸引到了她。来到上海之后，她更是如鱼得水，通过几年的努力就成了一家大公司的 GR。

秦妍的出现让气氛瞬间缓和了下来。

"老公——"

秦妍的身后传来一阵发嗲的声音，随后便是一个花枝招展的女人，根本不顾众人在场，一把扑到尹文石的怀里，那是尹文石的娇妻洛尔芙。洛尔芙给人的印象是除了娇媚之外别无他长，尹文石却早早地拜倒在对方的石榴裙下。一声老公，一个拥抱，让尹文石躲也不是，不躲也不是，只好佯装恼怒地说道："你怎么来了？"

洛尔芙依然埋在尹文石的怀里，鼓着唇说道："还不是妍姐姐嘛，妍姐姐面子大，说要一起来我怎么能拒绝嘛，再说了，人家好久没见到你了。"

"哪有好久？不是天天见嘛。"

洛尔芙却故意撒娇道："都好几个小时了，人家想你嘛……"

"……"

"嗨。"

姚智宸和秦妍发展得很顺利，就差登记结婚了，他们相互约定要在事业更上一层楼之后再举行婚礼。秦妍的出现似乎并不让姚智宸感到意外，反而露出一副感激的神色，今天的秦妍根本就是有备而来，她知道只有洛尔芙能让尹文石除去一身的傲气。

"你们忘了？今天是你们在西雅图 RoboCup 夺冠的日子，当初大家不是约定每到这个日子都像过节一样庆祝嘛。"

……

不是忘了，是根本不愿意想起，一旦想起这个日子就不得不想起青春年少，一旦想起这个日子就必须提起当初的约定，然而现实就像一条扭曲的绳索，非要用尽各种方法把人束缚住，然后……

第 16 章

IJCAI

"老大，我知道你也有梦想，但现在这个梦不是我们做得起的，会把长明的骨头根子烧断的。"

尽管这样的聚会在洛尔芙的眼里和普通的 Party 没有任何区别，在她的不断打断下，几个人仍然把话题引向了当下面临的困境。

"去年，仅江伦一个部门就烧掉了 400 万现金，400 万呀，对大公司来说不算什么，但对我们来说是盈收的 70%，后续项目要不要开发？一百多名员工要不要养？和斯塔基的协议要不要履行？这些统统都不在他的考虑范围内。今年在批复了 150 万研发费用的情况下，他居然私自挪用智能音箱的生产费用，我们现在外面的贷款还欠着 1500 万，资金链随时会断，这些他都不考虑！"借着酒精的作用，尹文石情绪激动地说。

姚智宸一声叹息："不是还有我嘛。"

"老大呀！"尹文石就差没拍桌子了。

随着快递行业的崛起，姚智宸的家族产业受到越来越大的冲击，仅上半年的营收额就缩水 60%。运输成本居高不下的今天，传统物流公司受到的挤压越来越严重，虽然没有财务报表，但仍然能看出来姚家面临的困境比长明还要严重。

"我们通过代工开发，企业信息服务，还有接一些软件开发的项目，加上即将上马的智能音箱，今年上半年本可以完成 1000 万的销售收入，如今少了 300 万，到了年底我们就要面临赤字了，这个时候你怎么能同意呢？"

虽说有逼宫的嫌疑，但尹文石说的是实情。这几年同类企业如雨后春笋般出现，各地市高新区、产业园层出不穷，高新技术成了热门产业，竞争逐年加剧。

就在姚智宸无话可说的时候，秦妍落落大方地开口："明年的 RoboCup 举行日期是 4 月 2 日至 4 月 4 日。"

尹文石一愣，他不明白秦妍突然说这个干什么。

秦妍端起高脚杯，尽管里面是白水，但她喝水的样子就像在享受一杯价值连城的红酒，放下杯，她微笑地看着尹文石说道："有人预测这是第三次人工智能浪潮的开始，之后全球人工智能大会将会在 7 月 5 日至 7 月 30 日召开，随后 IJCAI 会在 8 月举行盛会，共同谋划人工智能产业发展的未来，届时世界各地的知名企业都会参加，我可以弄到邀请函……"

此言一出，尹文石愣住了，IJCAI 呀。

International Joint Conference on Artificial Intelligence，即国际人工智能联合会议，这个会议聚集了国际人工智能领域的研究人员和实践者，展示并讨论最新的研究成果和思想。凭借长明这样的规模，连拿到入场券的资格都没有，但现在……

姚智宸点点头说："嗯，这件事我知道，RoboCup 我是要去的，至于 IJCAI，我认为还是二弟去更合适，目前我们正在接洽，准备在展区搞到一个位置。"

没有抱怨了，姚智宸不是不做事，他在做大事，如果能在 IJCAI 的展台上搞到一个位置，那长明就不再是只在国内小打小闹的公司，而是一跃登上了国际舞台，想想往年参展的企业，哪个不是如雷贯耳的存在？就算去走个过场也很可能寻找到商机，这对长明太重要了。

姚智宸喝了一口水，然后又点点头说："还有那件事也该办了。"

"哪一件？"柯静曼还没从恍惚中回过神。

"就是我们四年前商量过的，成立新公司，与斯塔基切割。"说这话的时候，那个大大咧咧的姚老大不存在了，转而成了眼中充满睿智姚智宸。

尹文石长舒一口气，先前的激动也缓和了许多。

"老公要出国吗？去哪儿呀？"洛尔芙的眼里充满天真，和这场聚会一样，在她眼里国际会议就和出国旅游没有多大的区别，她揽住尹文石的脖子问道。

"2009 年 IJCAI 在美国加州帕萨迪纳召开。"秦妍说。

尹文石点点头："知道了，无论再难我们都会坚持住的，只不过新公司没有合适的负责人，是不是再等一等？"

"怎么没有？我认为有啊。"

姚智宸轻而易举地夺回了话语权，这让尹文石的心里"咯噔"一下。

"你该不会是说……"尹文石的目光落在江伦身上。

"新公司以技术研发为主，也是政府扶持项目，我们正在积极接洽，争取拿下扶持指标，所以我认为没有比三弟更合适的人选了。"

不只是尹文石，柯静曼也以不可思议的表情看着江伦。一直以来江伦从没表现过他的领导能力，突然让他全方位负责一家公司？姚老大会不会脑壳有问题了？

姚智宸接下来的话让大家打消了疑虑："我最爱的人已经准备辞

职，随时接手新公司行政总监的职位。"

柯静曼恍然大悟，虽说是行政总监，但在没有制约的情况下，江伦仍然只是主要负责技术开发，秦妍将成为新公司实际的掌舵人，这样一来……

尹文石忽然明白了什么。就算有政府扶持，但政府不可能直接出钱，那么新公司的第一笔资金来自哪儿？只能是长明科技，这样一来又是一笔费用划出去，而且看这个趋势，新公司在短期内盈利几乎是不可能的，长明还要为其持续输血，他立即警觉地说道："秦妍姐的能力没说的，但我认为这个职位由柯静曼来出任更为合适，毕竟我们磨合这么久了……"

"不！"姚智宸斩钉截铁地拒绝了，"长明少不了四弟，现在她在长明兼任的工作太多了，一旦离开短期内没有合适的人接手，这个节骨眼上，长明很危险。"

尹文石不得不点点头，姚老大说的也是实情，可为新公司输血也需要充分合理的理由，斯塔基那边的监管人员不会坐视不管的，如此一来就多了一道障碍，很难逾越的障碍。

"好啦。"姚智宸拍了拍手，"让我们暂时忘掉不愉快，毕竟一个晚上也解决不了所有的事情，今天是我们获得冠军的日子，我们能走到今天就是从冠军开始的，我相信下一个十年我们仍然是冠军，干杯！"

举杯相庆，但欢乐的背后充满了成年人的苦闷。

第 17 章

追　忆

在人工智能的历史上，2008 年是非常重要的一个时代风向标。

这一年里，人工智能领域取得了一些突破性进展，并且具有里程碑意义。深度学习开始崭露头角，随着计算机视觉技术的进步，2008 年见证了算法和技术的改进，使得机器能够更准确地识别和处理图像。这些进步为后来的目标检测、图像分割和识别等任务奠定了基础。自然语言处理的提升，尤其是在语义分析和机器翻译方面，研究人员开始尝试使用更复杂的统计模型来提高机器理解和生成自然语言的能力。最重要的是这一年标志着大数据时代的到来，更大规模、更多样化的数据集为机器学习模型的训练和测试提供了丰富的资源。云计算的普及助力 AI 发展，为人工智能研究提供了强大的计算能力和存储空间，加速了算法的训练和优化过程。

这一系列的推进最终产生了后来 AlphaGo 战胜人类围棋冠军和 GPT 系列模型发布的轰动效应事件。

这一年各国政府和企业开始加大对这一领域的投资和支持力度。这不仅包括资金投入，还包括制定相关政策和法规来促进人工智能的发展和应用。RoboCup 再也不会被视为小孩子的玩具，DARPA 这种战略部门甚至开始了以围绕军事技术开发而举办的大型机器人竞赛。一幕又一幕，令人目不暇接，这一年姚智宸和秦妍走进了婚姻殿堂，而江伦成了新公司的 CEO。

阳光透过云层，柔和地洒在东方明珠电视塔上，使得这座上海的标志性建筑更加熠熠生辉。江伦站在观景台上，目光远眺，浦江两岸的景色尽收眼底。今天，他约了一个特别的人在这里见面。为了这一刻，他鼓起了很大的勇气，他不知道这次见面究竟是为潜藏在心底多年的情感画上一个句号，还是新的开始，但他和柯静曼之间必须有一个选择，而这个决定是在姚智宸大婚之时做下的。

"这里的风景真美。"柯静曼打破了沉默，但她似乎无心风景。

"是啊，从我们第一次登上塔顶那天，这几年没少来这里，每次都会看到不同的风景。"江伦远眺，明明柯静曼的侧颜近在咫尺，但他就是不敢直接去看。

两人并肩而立，共同欣赏着眼前的美景。江伦心中感慨万分，他想起了多年前与柯静曼初识的情景，那时的他们都还是朝气蓬勃的年轻人，怀揣着梦想和激情。而如今，他们的梦想达成了，似乎是达成了吧，如果对标大学时代，他们甚至超越了自己，原来人生有的时候不需要过多去想，只要一步一步向前走，身边就会有不同的风景。

"老大这次做出的决定真是太惊人了。"江伦感叹道。

"是啊，真是太惊人了，连他祖上的名人故居都给卖了。"柯静曼的眼中不知是惆怅还是顾虑，她又补充道，"为了你，江伦。"

江伦感到一道火辣辣的目光在盯着自己，他终于鼓起勇气与柯静曼四目相对："年轻时候说到梦想好像伸手就可以够到，离梦想的距离越近你就越会发现，那扇大门好像近在咫尺，但你就是拿不到钥匙。"

"是啊，找得到门，却拿不到钥匙。"柯静曼的脸上露出一丝恬淡的笑容，"那个时候的我们天真无邪，现在我们需要学会负责任，你懂吗？"

如果说最初两人之间仅隔着一道薄纱，那现在他们的中间已经挖出了一道鸿沟。话说到这个份上，江伦已经明白了柯静曼的意思，但就像尹文石给他的评价一样，固执。哪怕是缺点，也要继续固执下去，也许只是为了画一个完美的句号。

"静曼，这么多年来，我心中一直有一个位置是留给你的。"江伦缓缓说道，"每当我遇到困难或者挫折的时候，我都会想起你，和你见面的那一刻，你像小鹿一样跳跃的身影一直在我脑海里挥之不去。"

柯静曼听后默然许久，然后抬起头看着江伦的眼睛："江伦，其实我也一直把你放在心里。只是……我终究比不了你，你可以把自己想要做的事坚持到底，我做不到，没有什么事是一开始就注定的，未来的长河里，我会祝福你。"

柯静曼的最后一句话很冷，她冷冰冰地丢下江伦一个人在观景台，快步离开了，拥挤的人群，悠闲的游客，老人的感叹和孩子的欢笑，这一刻都像屏幕外的风景一样，匆匆掠过。柯静曼的眼泪终于抑制不住地流了下来，挥手擦下去，竟然是那么浓。

这不是年轻时畅想的爱情，也不是在看见别人幸福后才有的追忆，过去了就真的过去了，再去索取就会像要糖吃的小孩子一样幼稚。眼泪不是为失去而流，也许只是舍不下一个时代的回忆。

"追忆？你确定？"

江伦为新公司取了名字，姚智宸或许感觉到了什么，但他缄口不言。

"就叫这个名字吧。"

江伦不是一个喜欢争辩的人，决定过后连解释也没有，如果一定要解释，那就是对四个人过往情谊的追忆吧。

"不像个公司的名字，不过如果你喜欢……"

为了新公司，姚智宸把上海市区的祖宅便宜卖了出去，仅仅拿到1500万现金。这笔钱成了追忆科技的启动资金，但按照江伦的做法，恐怕只够一年之用。当初卖房子的时候尹文石曾经表示过反对，他建议抵押，这样也有回旋余地，但姚智宸只是淡淡地说了一句："那样负资产就更多了。"

江伦没有追忆科技的股份，这家新公司完全就是姚智宸独资，盈亏一人负责。为了避免持续向追忆公司输血，尹文石制定了严格的合作协议，在没有成果输送的情况下，想拿到长明的钱千难万难，但有些事既然开始就只能继续走下去，这是一个执着者的选择，也是走向成熟的标志。

第18章

人 类 智 能

从姚智宸卖祖宅为追忆科技提供启动资金后，追忆的办公地点就落在了碧波高新技术园区，园区最初的样子和后来大相径庭。随着一大批企业的入驻，这里也成了中国最早的高新技术园区，几年时间，从外部到内部完全实现了智能化，连一个门岗都看不到，就在这样一个充满未来气息的园区里，追忆已经走过六个年头了。

从尹文石彻底与江伦摊牌后，长明的竞争环境就变得越来越恶劣，当初的欣欣向荣之势不仅没有了，反而遭到了更多来自市场的打压。在为个人还是为公司这个问题上尹文石考虑了六年，现在他终于有结果了。

"你说什么？"

当姚智宸听到尹文石的话时还以为自己听错了，足足瞪了他一分钟。尹文石也被这凌厉的眼神盯出了汗水。

"你要退股？我没听错吧。"

走出校园已经整整十年，尹文石的身家早已不可同日而语，而这个时候他突然提出退股，这次对长明乃至追忆都是重创。没有谁比尹文石更清楚公司的现状了，长明的规模扩大了几倍，支出也增加了几倍，明明知道公司这个时候没有钱，还提出全部退股的要求，他……

"我知道公司没有钱，但我已经向斯塔基中投申请了一笔信用贷款，运营得当的话长明支撑下去没有问题。"

"你这是要搞死追忆！"姚智宸急得拍了桌子。

这么多年来，姚智宸从来没和同伴红过脸，这一次尹文石真的激怒他了，但见尹文石没有退意。姚智宸重重地叹了一口气说道："说说原因吧。"

"太累了，我拖不动追忆那个大包袱，六年了，追忆成立六年，也拖累了我们六年，如果没有我们，追忆的资金链早就断了。"

"是我们！"姚智宸强调着重点，"我们，你和我！长明和追忆！我们都是一体的。"

"我知道，这个时候选择离开很对不起你们，但是我真的坚持不住了，我想过轻松一点的生活。"

"你？"姚智宸笑了，"堂堂学生会会长，东南交大的偶像级人物，现在居然说出这样的话，你让我怎么说？"

"理想，理想是个好东西，这么多年下来我们都是在为理想而奋斗，然而什么事都不能过度理想化。不！是空想，我拖不动那个空想主义者，追忆六年取得了什么成果？有一项能向市场输出吗？六年的账目你算过了没有？如果我不走，我的未来就要跟着这个空想家打水漂了。"

姚智宸终于相信尹文石不是一时心血来潮，他的大脑飞速运转，试图在最短的时间内把问题想清楚，然而无解。

"什么时候的事？"看似平淡的话里却有着让人不能抗拒的语气。

"从参加 IJCAI 开始，我已经睁眼看世界了，我们无法和斯塔基这样的大公司抗衡。从大学走出来时，我们心比天高，然而站在世界舞台上时，你才知道天有多大，穷尽你的想象力也不可能登上去。"

姚智宸沉默着，仿佛随时会掀起一场狂风暴雨，然而他没有，渐渐地他平静了下来，深深地吸了一口气说："你去把那台电脑上一个叫 SuperM 的文档打开。"

"那是什么？"

"看了就知道了。"

SuperM 听起来像超人的意思，但如果这东西是江伦做的就应该代表了另一个意思。M 不是英文，应该是汉语拼音，联想到江伦一直在搞的东西，尹文石大概猜到了意思。

超级妙？

他的那个妙妙啊……

尹文石打开程序，两个稍显粗糙的虚拟形象出现了，软件核心是长明科技做的，尹文石甚至能发现 3D 建模的痕迹，只见两个 3D 虚拟形象对立在一个建模的三维空间里。虚拟形象没有表情，但是手、脚、胳膊、腿、躯干这些信息很清楚，只见一个虚拟形象 A 抬高右臂，然后说了一句谁也听不懂的话："撒拉巴……"

对面的虚拟形象 B 抬起手，然后放下，这时 A 形象放下手臂，说了一句："撒拉巴。"

B 形象立即抬起右手，然后 A 形象点点头。

之后，A 形象抬起双臂，又说了一句莫名其妙的语言："托米玛。"

B 形象如先前一样照做，当 A 形象再说"托米玛"的时候，B 形象抬起了单臂，A 形象摇摇头……

"这是……"尹文石愣住了。

"Intelligence Quest，智力探索计划。"姚智宸的眼底清澈明亮，没有一丝嘲讽的意味。

"Intelligence Quest……"尹文石感觉自己的瞳孔都在缩紧，虽然明知道答案仍然难以置信地脱口而出，"他做的？"

Intelligence Quest 是麻省理工学院的智力探索研究计划，这类研究将产生介于纯粹的机器学习和纯粹的人类本能之间的某种人工智能。如果说从前的研究叫人工智能，那么这个计划下的新产物就可以称之为——人类智能。

姚智宸意味深长地点点头："没错，就是他，你应该知道，一旦这个计划成功了，靠几百万张图片认识一个简单事物的时代就过去了，所以命名为超级，现在你知道江伦在做什么了吧。"

尹文石轻笑着，微微摇晃了一下头说："老大，你还是那么天真呀。"

"会长走了？"柯静曼难以置信地张大了嘴。

姚智宸点点头："嗯，还没告诉老三呢。"

"什么时候的事？"

"上午，刚找我谈过，你现在负责接手长明的所有业务，尤其是和斯塔基中投那笔信贷业务，要重点关注，两家公司能不能保住就看这次了。"

"不！不可能！"柯静曼仍然不敢相信这是真的，"这是我们共同的事业，他没有理由离开的。"

姚智宸站起来，心情十分不爽地说："人是会变的！快忙起来吧，不然就真的没有未来了。"

柯静曼像一只受惊的猫，飞快地跑出总经理办公室，她很久没有跑这么快了，看着熟悉的背影，姚智宸一个人在办公室里苦笑。

"老三呀老三，我该怎么向你交代呀。"

想起尹文石最后丢下的一句话，姚智宸或许真的该反思了，天真？

的确，凭借这两家公司无论如何都不可能和麻省理工学院那种级别的科研单位相提并论，说是蚍蜉撼大树一点儿不夸张，但蚍蜉就没有梦想了吗？

18 岁的梦想和 30 岁的梦想真是完全不一样呀。

人类智能……

江伦呀，你可真给哥找了个好课题……

江伦看了一部关于阿兰·图灵的电影，人类自从展开翅膀以来，虚幻的东西就渐渐变成现实了，图灵机以其独有的机械魅力仍然在吸引着年轻人对它展开梦想。

从人工智能到人类智能，如此巨大的跨度才是真正意义上的智能革命。

可实现的传统人工智能并不能脱离编辑痕迹，那些词不达意的回答和并不十分智能的产品过早投入了市场，或许这一切并没有错。研究者和资本总是一对相辅相成又相互矛盾的冤家。有人把大数据和云端称为喂养婴儿的奶粉，然而死的就是死的，它能达到一些突破现有想象力的东西，但并不能真正因循人类社会的需要而发展。江伦想做出革命性的东西。不，不是做，是看着他们成长，像人类一样成长。

然而，还能看到那一天吗？也许能，但恐怕和自己没什么关系了。

第 19 章

李英勋的预言

2009 年度的 IJCAI 盛会如期在美国加州帕萨迪纳的会议中心拉开帷幕。这是一座充满现代感的建筑，高耸的玻璃幕墙在阳光的照射下熠熠生辉，宛如一颗璀璨的宝石镶嵌在这座繁华城市的中心。

会场内，人头攒动，热闹非凡。来自全球各地的学者、工程师、企业代表们身着各式正装，或是三三两两地聚在一起交流，或是在展台前驻足观看。他们的脸上洋溢着兴奋和期待的笑容，仿佛每一个人都被这场科技盛宴所感染。

一进入会场，尹文石就被映入眼帘的一排排整齐的展台所吸引，上面摆放着各种前沿的人工智能技术和创新应用。作为业内人士的他不大被那些跳舞、说话、进行各种复杂操作的机器人所吸引，此刻真正的专家都在观看最新的人工智能的图像识别技术，大屏幕前吸引了很多参会者的驻足。这是斯坦福大学的最新研究成果，尹文石远远地看见丹尼斯·亚希伯恩被众多的参会者围住，宛如明星一样。

在人工智能舞台上，丹尼斯·亚希伯恩是当之无愧的明星，在他的面前尹文石感到自惭形秽。

一位西装笔挺的人悄悄地从尹文石的身后走来，低声且礼貌地问候了一句："你好。"

尹文石一惊，来的人居然是李英勋，这个让人说不上爱恨的 CFO 掌握着巨大的财富，在财富面前，人总是谦卑的。

"你好，没想到你也来了。"

李英勋看着大屏幕上的演示，淡淡地说："我虽然是 CFO，但别忘了我可是毕业于麻省理工学院，对技术我并不陌生。"

李英勋充满炫耀的话让人生不出一点儿反感，每个人都有自己的人格魅力，而李英勋的魅力在于他总是说着让人刺痛的话，但你就是对他生不出怨恨。

"你看到了丹尼斯身边的那台机器人了吗？"李英勋仍然是不紧不慢的口气。

"我当然看到了，许多年前就见过。"尹文石说。

"Bob2 的学习能力远超第一代 Bob，它的基础就是图像和语音识别技术，现在的 Bob2 能够识别几十种语言，不论是加利福尼亚还是佛罗里达的口音它都能准确读取，中文也不在话下。"

尹文石点点头，但他没有接话，他知道李英勋的话还没有说完。

"想当初我最为得意的是我会中文，这是一项很了不起的技能，它让我在不需要翻译的情况下，在谈判桌上拥有别人两倍的思考时间，但是以后呢？这种技能就成了鸡肋。"

"人始终是人，不是什么条件下都会配机器翻译的。"

"错，今后的人就是在什么条件下都会拥有一台机器翻译，这并不是幻想。"

"是啊……"尹文石不知道该说什么，平时的口才在李英勋面前真的成了鸡肋。

李英勋突然话锋一转，说道："你们的公司最近在市场上的表现很不好。"

"我们的公司？"尹文石猝不及防。

李英勋两手一摊道："斯塔基关注每一位竞争对手，你们却在搞小动作。"

尹文石的背后感到一阵阵冰凉，他试图解释，但李英勋根本不给他机会。

"如果你们认为那些小动作可以瞒过我的话，我相信你们一定会后悔的，正确的做法是加深与斯塔基的合作，要知道我们是很愿意投资有前景的项目的，比如追忆。"

长明科技等同于落在斯塔基手里，长明的账目也受到严格的监管，对方掌握的资料很详细，那些为了逃避惩罚条款而与追忆科技订立的框架协议根本瞒不过斯塔基的眼睛，尹文石无话可说。

"我有些后悔了……"李英勋似乎流露了真情。

"后悔？"

"是的，我应该坚持以中投的名义向你们投资的，而不应该加入斯塔基（中国）有限公司那些合作条款，这样让我们对长明科技的掌控能力有所下降，相对独立的你们的确可以搞出很多事，但你们忘了大海和小河是一样的。"

"对追忆科技我已经做了足够的提防，长明科技的路线不会走歪的，这点请你相信我。"

"我相信你的能力，但不认为你可以改变现状，有些时候起步点就代表着终点，你虽然执掌着长明，但你只有四分之一话语权，你无法避免最后的结果。"

"最后的结果？你指的是……"

李英勋语出惊人："破产！长明和追忆都得破产，到时候你们将背负巨额债务，我相信你不希望看到那一天，但你无能为力。"

这种预言式的讲话方式的确很符合西方人的特点，而且不可否认的是，随着长明业务量的增长，所面临的竞争环境的确越来越严峻。这当然不是经营策略的问题，而是对手变强大了。

"那我们该怎么办？"尹文石的信心已经被削去了一大半。

"那就要看你是为了个人还是为了公司。"

李英勋似乎没有把话说完全的意思，当丹尼斯·亚希伯恩的目光落在他的脸上时，他根本没有多看尹文石一眼，面带微笑地快步走了过去……

为了个人还是为了公司？这是个问题。

"叫啤酒！"

四个人很久没有聚会了，尹文石从美国归来，姚智宸为了活跃气氛，号召大家去一次海边。

距离上一次几个人一起聚在海边已经有几个年头了，那个时候年轻的他们眼中只有美好的未来，现在大家都成熟了，不再是几杯啤酒就能讲出大话的年纪了，天真的人不是没有，姚智宸算一个，如果非要再加上一个，那应该是江伦吧。

"人工智能有四个阶段：第一个是起源阶段，建立了神经网络和数学模型；第二个是弱人工智能阶段，就是我们现在这个阶段，人工智能已经以小产品的形式进入家庭，但是深度学习的能力不足，完全依靠海量的数据，并不是普通人能掌握的；第三个阶段是强人工智能阶段，是未来三十年至四十年，也就是 2050 年前后，那个阶段的人工智能基本上可以满足人类的情感需求，无障碍对话，还能够进行自我革新学习；第四个阶段是全面依赖阶段，那个时候没有任何人能够脱离人工智能做事……"

江伦很少说话，可一旦谈起本职，他总是控制不住，他的脑子里有一个世界。

归国后，尹文石一直心事重重，听了江伦泛泛而谈的大话后，他忍不住了："江伦，你这种大话空话要说到什么时候？真以为我们是小孩子吗？"

"哎呀，难得聚在一起，你就让老三说嘛……"

姚智宸似乎没意识到情况的严重，试图替江伦说话解围，然而尹文石这一次没有给他面子。

"我尹文石不是小气的人，老大曾经说过，咱们四个人无论谁发表意见都代表整个团体，但是这种代表的事我一次没做过，不是只有你江伦才认识得到人工智能的未来，之所以把追忆让给你，是因为你根本做不了长明的活儿……"

尹文石这话憋在心里肯定不是一天两天了，今天算是摊牌了。

"有人说长明和追忆都得破产，我不希望看到那一天，所以我今天想说，问题就出在江伦你的身上！"

第20章

告　别

“弱者之所以是弱者，就是在强者面前毫无抵抗之力。”

斯塔基总部大楼的风景不美丽了，当初看中这个地方就是因为视野良好，有一种凌驾于整座城市之上的优越感，然而现在，一座更高耸的大厦竖在文森特·亚希伯恩的办公窗前，生生地把一道美丽的风景劈成两半。

此时，他的心情很好，就连对面那幢大楼也不能影响他的心情了。

“我们会用这笔信贷收回长明，届时那个令人讨厌的追忆科技也就不存在了。”

李英勋立在一旁面色平静地报告着，他的手里托着一个 iPad。智能时代的办公的确方便了，可从纸板年代走过来的人仍然对那些厚厚的文件生出眷恋之情，他有时感慨时代真的变了，但这并不影响他履行职责。对长明，这一手可谓釜底抽薪。

“那些小家伙以为拿到了投资就能起飞，真是天真啊。”

如果姚智宸在这里一定会哭笑不得，原来自己和同伴的命运在别人口中就是一句天真。

"这是长明科技的资产评估报告，这些年他们的运营状况良好，没能发展起来的原因主要是受到另一家公司的拖累。"

文森特转过身，咧开满口白牙的嘴笑着说："他们自以为那些小伎俩能逃得过我们的眼睛，但真的很遗憾，他们的梦做到这里就算到头了。"

李英勋强迫自己赔着笑，然后放下 iPad 说："总裁，我很高兴和你共事，在中国的十年我们看到了很多，也发现了很多，本来我们可以一直愉快地共事下去，但是很遗憾，我要向你提出辞职了。"

"辞职？为什么？"

李英勋紧了紧喉咙说道："因为 KAIST。"

文森特的脸立即沉了下去。

李英勋仿佛没看到文森特的脸色一样，继续说道："不知道你看过中国的一台节目了没有？中国的仿真机器人也可以跳舞了，而且比 KAIST 的 Hubo 更灵活，十年来我们陆续为 KAIST 投入了超过 5000 万美元的资金，他们呢？这件事我必须负责，现在需要回总公司述职。"

"那你也可以述职后回来呀，这件事我很清楚，新一代 Hubo 已经开发出来了，很快就会有成果。"

李英勋苦笑："我提醒过你，美国的情况也很复杂，况且斯塔基现在正在着手收购波士顿动力公司，没必要在 Hubo 上浪费时间了，所以我建议尽快和长明和解，然后从各方回笼资金，做好抽身撤离的准备。"

"撤离？撤到哪里去？"

"离开中国，这里已经不适合斯塔基了。"

"不可能，斯塔基的产品目前在中国的同类型市场份额超过 50%，这个数字还在上升，没有任何理由撤离。"

"这只是表面，现在随着中国机器人技术的进步，斯塔基已经不能在硬件上占到优势了，高昂的成本将使我们失去竞争力，趁现在抽身我们会把收益最大化。"

"Adair，你在开玩笑。"

李英勋保持着微笑，没有回应文森特的话，但他的举动已经让文森特的好心情荡然无存了。

撒拉巴和托米玛是妙系统下生成的两个独立个体，在没有人工干预的情况下，他们自行进化出了独有的语言，这种语言人类听不懂，但他们之间可以相互交流。就像一个刚刚出生的婴儿在认识这个世界一样，通过 3D 建模可以观察到他们的虚拟形象，但没有人知道他们接下来的动作是什么，也没有人去指导干预。江伦就像一个旁观者一样，大部分时间都全身心地关注着他们的发育。

也许女娲第一次造出人类就是这种心情。

撒拉巴会学习托米玛的行为，同样托米玛也会学习撒拉巴，他们现在还很呆滞，有时一整天也不会做任何交流，但江伦认为即使观察不到行为也不代表他们什么也没做，也许他们只是在思考。偶尔的互动会生出新的单词，但他们似乎认可了相互认识的第一个章节，撒拉巴和托米玛就是他们的名字。

为了观察他们的行为，配套的设施占用了公司大量的资源。尽管秦妍努力维持，但追忆科技的账面赤字仍然在加大。

很少有人过来打扰他，但今天有人不请自来。

柯静曼一直自认为是敢爱敢恨的人，她拒绝了江伦，拒绝得很彻底，可那一天为什么会流泪呢？似乎咸湿的眼泪仍然在嘴角回味着，但她不认为江伦会追过来。事实上那天江伦真的追过去了，只是陆家嘴的人潮淹没了柯静曼娇小的身影。

有些事一个错愕间就需要承载大量的痛苦，多年过去了，这种痛苦一点儿也没有减少，反倒随着时间的推移越来越加重了。

"我要走了。"

江伦愕然，他的眼神里充满了迷茫。

柯静曼重重地叹了一口气："他们还是这么爱护你，你究竟什么时候能长大呢？"

江伦茫然的表情是装不出来的，他不知所措地从电脑椅上起身，朝着柯静曼走了两步。

"会长撤股了，用的是斯塔基的信贷款，现在长明的资金链断了，追忆也完蛋了，我们破产了。"

说出这话之后，江伦几乎不敢相信自己的耳朵，仿佛一瞬间十几年的时光就变成了一场梦，当梦的纱幔被掀去，世界又还原成了它本来的样子。

"破产？"江伦不敢相信，"为什么没人和我说？"

"说了又有什么用？你又不会关心这些。"

柯静曼很淡定，如果说一开始她还很慌张，现在已经完全接受现实了。

"姚智宸呢？他就没想什么办法？"

柯静曼的脸上露出一丝微笑，像极了家长看孩子的表情："他是姚智宸，不是提款机，长明科技是一家拥有 4500 万市值的公司，不是小孩儿过家家。"

江伦默然，这消息无异于晴天霹雳，然而即使这样，他的脑子里第一个想到的是撒拉巴怎么办？托米玛怎么办？超级妙系统怎么办？

"我准备回学校了。"

"去那里干吗？"

"找了份工作，也好……能回到校园里躲开外面的纷纷扰扰，说不定能帮你完成梦想呢。"

幽怨。

柯静曼的脸上露出幽怨的神情。

就在柯静曼默默地转身离开之时，电脑桌上的音响突然响起一个声音："基巴托……"

"托撒地……"

江伦的瞳孔紧缩……

◀第四部▶

···

四人组重聚

智

能

觉

醒

第21章

加入我们吧

开头的一幕。

江城。

小城，仿佛时光的低语者，在朦胧的江南烟雨中静静绽放。阳光斑驳地穿透云层，温柔地洒在青石板的古街上，大运河两岸灰瓦白墙的古朴建筑见证着这座小城昔日的繁华，在金色的阳光下水面上轻雾缭绕。河岸的另一边，一座现代化的城市早已拔地而起。

昔日，从江城到上海需要五个小时，如今只需要一个半小时，与其说是离开，不如说是回家散散心。走在青街石板路上，江伦回忆着儿时的时光，那时候大运河就是他的玩伴，运河两岸的人们做什么都依靠这条河，如今这里仿佛一幅流动的古老画卷，旧街道里又传出新故事。

追忆——现在也只能追忆了。

十年如一梦，追忆似云烟。追忆科技破产后，姚智宸成了最大的受害者，但他仍然挽留了江伦。只不过江伦已经没脸面对他了，他打算用长明的股份赔偿姚智宸的损失，虽然杯水车薪，但聊胜于无，至于自己将来怎么办他还没有想好。

就在江伦漫步在运河边惆怅之际，一个高大的身影突然拦住了他的去路。

"路……"

"路什么路？打劫。"

两个大男人对视了足足十秒钟，然后同时大笑起来。

"十几年不见，没想到在这儿偶遇了。"

这个高大的男人居然是路扬，RoboCup 中国赛 Z 队的主设计师，他的样貌与大学时相比没有什么变化，只是看起来更加成熟了，增添了一份从容不迫的气息，由内而外透露着一种难以言喻的自信，连拙劣的玩笑都会让人生出一种亲切感。

"十年吧，追忆成立的时候我在场，只不过当时你太忙，我没上前打招呼。"

"是吗？"江伦感到很意外。

"虽说是十年不见，不过今天的见面可不是偶遇。"

"那是……"

"我是受人之托，特意来这儿找你的。"

"找我？"

什么人在这种时候还会想起自己？

"姚智宸吗？"江伦问。

路扬摇摇头："姚公子现在忙得很，根本没有时间抽身，也就我还算清闲，所以过来找你聊聊。"

江伦点点头："既然如此，我带你去本地最有名的小龙虾店，尝尝我们这儿的风土。"

"好啊，早听说江城的小龙虾有名，自然是要尝尝的。"

这家小龙虾店的生意特别火爆，即使大白天食客们也会把这里挤满。

"这家店内的小龙虾每一只都精心挑选，个头饱满，壳上泛着诱人的红光。经过独特的烹饪工艺，小龙虾的鲜香被完美地释放出来，每一只都蘸满了浓郁的汤汁。无论是麻辣、十三香还是蒜香口味，都让人欲罢不能。不过小时候我们是不吃的，现在反而成了本城的热门美食之一。"

江伦一边剥着虾壳一边介绍着。

路扬的吃相很好看，他剥虾时不紧不慢，甚至能把每一只剥掉的虾壳都整整齐齐地放好，仅仅是看他吃东西就能让人产生一种欣赏的感觉，自然也很难拒绝他的提议。

"嗯，果然美味。"路扬欣赏地赞叹，但在他的脸上看不到对食物的贪欲。

"你现在该说是谁委托的你了吧。"江伦摘下一次性手套，擦干净手后正式地问道。

谁知路扬先是叹了一口气，然后一脸惋惜地说："说起来，你们也很久没见了。"

江伦回忆过往，除了一些参赛队员之外，似乎他们共同认识的人不多。

"新雪很关心你的近况，怕你有什么想不开的。"

"新……程新雪？"

提到这个名字的时候，江伦脑海里第一时间闪出那个孤傲又内敛的女孩儿，陡然间想起时，他才发现原来那个身影一直很清晰，似乎从来都没有走远。

"她……现在好吗？"江伦说。

"她很好，目前在临港自贸区管委会工作，有些事情她不方便直接出面，就由我来先打个前站，重点是看你的态度。"

如果换一个人说这话，江伦可能认为是在开玩笑，甚至姚智宸亲自来也不可能让他心动，但路扬的只字片语让他隐隐地生出几分期盼之感。在上海那么多年，他当然知道临港，随着中国对外开放政策的深入实施，临港地区逐渐成为吸引外资和促进经济发展的重要先行区。只是这和他有什么关系？

路扬没有让江伦思考太久，紧接着问："你听过 LFAIR 吗？"

江伦哑然，上海大大小小的企业众多，英文缩写的名字数不胜数，他根本不可能知道每一家的情况，甚至连名字也记不全。

"LFAIR 是上海临港智汇未来人工智能研究中心的缩写，集产业研究、产业促进、产业孵化于一体，今年 6 月才正式揭牌，你不知道也很正常，但 LFAIR 的运营方向特别适合你们这些中小企业。"

"我们……"江伦苦笑，"哪里还有什么我们……我们……"

"不！你错了，一次失败并不等于全部，在这条路上倒下只是暂时的，你心灰意冷的这段时间，有人还在为其奔走，他们都没倒下。"

说着，路扬从口袋里拿出一块硬盘。

"怎么在你手里？"江伦像生怕丢了宝贝似的差点儿跳起来。

"看！你还是很关心对吧，所以回来吧，我、程新雪和姚智宸都在为其努力。"

"可他们呢？"江伦垂下眼睑。

"你是说尹文石和柯静曼对吧。"

江伦的心微微跳动着。

"我知道，你和他们之间有了隔阂，可有什么是不能谈的呢？柯静曼这个时间应该在圣路易斯……"

"在描绘我国发展的美好愿景，吸引更多的留学生归国，以期东山再起！"

"她……"

"我们现在处于一个特殊时期，当我们弱小的时候对方会对我们不加防备，现在已经开始全面打压，如果这个时候屈服了，那么今后我们就再也没有和国际公司谈条件的资本了，这个时候就需要千千万万同行业的人站在一起，共同突破这个困境，这是国策，也是临港当之无愧的历史使命，加入我们吧，LFAIR就是为你们准备的。"

路扬伸出右手。

在握手之前，江伦愕然地问出了一个问题："你是怎么找到我的？"

路扬难得露出尴尬的表情，口齿不灵地说："哎呀，那个……哦，对了……"

第22章

保住斯塔基

"当年还拿爱立信 T39 当宝贝，如今谁还稀罕那种老掉牙的货？现在呢？你们看，连一个人工智能设计师都对智能产品不设防，哈哈哈……"

手机屏里露出姚智宸得意忘形的大笑。

"你……"江伦恨得咬牙切齿，"你居然跟踪我！"

"要怪就怪你的妙妙，谁让你那么宝贝了，舍不得和它解绑就得冒着被它透露信息的风险，哈哈哈……"

"你等着，回去我就给它加一道基因锁！"

"你终于答应回来啦！"

江伦尴尬地咳了咳，看着姚智宸的笑脸，他实在做不出落寞的表情，想点头可又过不去自己心里那一关。

"四弟那边我去说，至于老三……他犯了错就让他自己圆吧。"

姚智宸的脸说变就变，江伦从没见过他对一个人露出如此憎恨的目光。

"从 2009 年的 IJCAI 大会以后我们就该对他设防的，不然后来也不会出现那么多乱子，追忆更不会破产。"

望着雾霭散去前的陆家嘴，一座座如利剑一般插在土地上的钢铁大厦浮现出魔幻般的壮观场面，从高楼的窗户俯瞰雾气笼罩下的浦东，如坐云端。

尹文石离开长明科技已经三年了，每每想起过去一起创业的日子，他的心里仍然充满欢快和喜悦，可那只是暂时止疼的麻醉药，药劲过后却是钻心般的疼痛，即使用酒精也压制不住。

就在望着下面的雾霭失神之时，他的电话响了，来电显示是"亲爱的老婆"。

尹文石盯着电话屏幕，足足响了五声才按下接听键。

"喂，老公啊，我跟你说啊，我看中了一款包哎，全球限量1000只，朋友帮我预订了，现在就要交款哎。"

一听到这种撒娇的声音，尹文石的头就没来由地一阵阵发痛，他有气无力地说："那就买。"

"可是我的信用卡额度不够了哎。"

尹文石揉着微微发痛的额头，身体前倾靠近办公桌，用手肘撑住，他的表情已极度难看，口中的声音却维持着常态："去年的年薪不是已经都给你了吗？"

"不够呀，姑妈那边要投资，我又不好不借。"

"借了多少？怎么不和我说？"

"哎呀，才20万嘛。"

"才……"

尹文石恨不得摔掉手机，尽管他现在年薪百万，可斯塔基的年薪是倒扣制，几乎不会有哪个高管能拿到全额。从前李英勋可以，自从李英勋离职成立英宸基金管理公司后，就再也没有人能达到他的标准了。

在斯塔基（中国）有限公司，尹文石并不独立负责项目，更多时候做的是技术主管一类的职责，这让他的落差很大，去年的年薪被扣了超过45%，虽然仍算是富裕，可家里无止境的花销令他头痛不已。洛尔芙很单纯，即使过了30岁仍然单纯得像一张白纸，如果说当初的尹文石就是被她这份单纯吸引，但这么多年下来一点儿变化也没有的妻子已经让他难以忍受了。

悔不该当初把钱交给她管，娇妻没有赚钱的能力，但绝对有能力把这些钱挥霍一空，看看她满墙的包和鞋子就知道，130多平方米的大房子居然装不下她的衣物。

"那就别买了。"尹文石郁郁地说。

"那怎么行嘛，你知道的嘛，那些太太会瞧不起我的啦，再说你不是这些老公中最有能耐的那一个嘛，怎么……"

尹文石挂掉了电话，他是强忍着才没吼出声。

"尹，总裁叫你。"

文森特·亚希伯恩很少接见尹文石，突然被叫到他吓了一跳，心情不好的他慌忙整理好衣服，急匆匆地来到总裁办公室。

"介绍一下，这位是……"

"不用了，我们认识。"

办公室里还有一个人，他的举止非常随意，虽然两鬓的白发有所增多，但尹文石仍然认出了他的身份，KAIST的博士生导师金在宇。

"你是？"

金在宇撩起掺杂白发的头帘，认真看了几眼后表示不记得了。

"2001年我们曾经在美国西雅图见过面，那时我还是个学生。"

"ASS队！"金在宇的手明显地抖了一下。

"既然你们认识，那就好办多了，实话实说吧，近年来中国的钱越来越不好赚了，斯塔基有意将重心重新放在北美，但我舍不得这里。你们知道的，这个国度有很大的魅力，让人流连忘返，所以我希望你们能精诚合作，拿下即将举行的DARPA的科创邀请挑战赛，证明我们的价值。"

"参赛？"尹文石大吃一惊，"我们公司是不能参加那种比赛的。"

DARPA的科创邀请挑战赛与普通的机器人大赛不同，是一项正正经经的为军事科技研发而筹备的赛事……

"当然不是要你们以公司的名义，但你们仍然代表了我，以KAIST为主体，我会另外筹备出一笔资金的，场地以租赁的形式使用，设备由你来选，三天后给我报价。"

文森特的口吻不容拒绝。

对这个挑战赛，尹文石略知一二，具体细节不清楚，但他也知道Hubo在历年比赛中的表现差强人意，稳居第一的仍然是波士顿动力公司。当年的投资细节他并不清楚，李英勋曾经给他透露过一点。

他是在2016年8月的那次国际人工智能联合会议上再次见到李英勋的。那年李英勋像一匹黑马一样杀入金融市场，没人怀疑他的实力。在中投任职多年，李英勋自己就是一张名片，他的话不多，每言必切中要害。

2016年之后IJCAI改为每年召开一次，这预示着人工智能的进步速度在加快，那一年来自40多个国家和地区的业界精英、学界大佬齐聚纽约，在众多业内精英中，斯塔基集团往日的光环开始黯淡，有人对丹尼斯·亚希伯恩发出回到校园的奚落，人工智能及机器人领域涌出更多精英企业。

"斯塔基会从中国全面退出，你要做好准备。"

入场前，李英勋特意嘱咐了尹文石这句话。只是当时李英勋刚刚离职，这样的话有些像怨气，一直以来他和文森特相处得都不算愉快。相比李英勋，公司的大多数人都喜欢文森特这个老板，他的豪放和不拘一格更具亲和力，但亲和力和领导公司是两码事。

现在，为了保住斯塔基（中国）有限公司，文森特居然想通过在DARPA"大挑战赛"中取得成绩来增加砝码，这未免……

异想天开。

尹文石想……

第23章

DARPA "大挑战赛"

李英勋辞职后有一段时间没有他的消息，再次成为热点是在三年前，忽然就任上海英宸基金总裁。李英勋的强势归来和尹文石的穷途末路形成了鲜明的对比。

尹文石知道，如果在这次DARPA"大挑战赛"中不能取得好名次，他将在这个领域彻底消失。偏偏妻子知道他要来美国之后给他列出一长串的购物清单……

斯塔基（中国）有限公司并非文森特一个人说了算，但现在只有他还在坚持不撤出中国，这次委派怎么看都有点众神黄昏的意味。

美国国防部高级研究计划局（DARPA）。

DARPA的主要业务是开展基础性、先导性、颠覆性国防科研项目的管理，其项目类别分为基础研究、预先研究和应用研究，预先研究项目是主体。

DARPA"大挑战赛"（Grand Challenge）的主要内容均与国防科技分不开，比如2004年的无人车挑战赛、2007年的城市挑战赛、2016年的网络攻防挑战赛和2019年的地下挑战赛等都是非常有代表性的。

无人车就是为了应对阿富汗战争中运输车队屡遭袭击的情况；城市挑战赛要求设计者设计出能够遵守所有交通规则的车辆，同时能够在赛道上检测和避开其他机器人，对于未来巷战意义深远；网络挑战赛更是为了应对信息时代可能遭遇的网络战应运而生的；其他各类机器人挑战赛虽然也有"救灾"这一主旨，但是能够完成救灾任务的机器人都会成为很好的军用机器人。

各类挑战赛中，有来自世界各国的100多个团队参加，其中不乏世界名校，比如韩国KAIST队的机器人Hubo抱走了2015年的冠军。

就在尹文石出神的时候，一只手拍在了他的后肩上。

"不要紧张，这次只是听证，距离正式比赛还有五天时间，我们有充足的时间，KAIST和Hubo不会失败的。"

尹文石听着蹩脚的英语，实在不想回头看金在宇那张高傲过度的嘴脸。

DARPA对项目有着明确的战略目标，来源于国会、联邦、国防部的指令项目比重并不大，自主项目才是DARPA的重点。重点高新技术项目的遴选过程十分严格，同时报酬也是相当丰厚。

比如尹文石想参加的发射挑战赛，就是为了寻找能够快速进入太空的公司，有可能在接到需求后数天内提供发射服务。现代发射服务离不开人工智能的参与，尹文石要做的只是大项目中的一小块，入场报酬高达40万美元，即使在尹文石财产最多的时候，这么多钱也快抵上他半数身家了，何况他现在的日子过得捉襟见肘。

一方面是难以抵御的诱惑，另一方面是进入中投的高层，可以说是事业和金钱的双丰收。

"不要在乎网上那些评论，他们都是自以为善意，实则是真正的暴民，你在致力于一项了不起的合作项目，旨在推动太空科技的发展，要知道太空是没有国别的。"

对一路上情绪不高的尹文石，金在宇大概猜到了些什么，如今网上的风气不好，尹文石所做的事一旦曝光，非被口水喷死不可，金在宇一路上都在给他打气，让他相信自己从事的事业是正确的。

"你看很多华裔科学家不都是在国外的实验室才创造了伟大的科学奇迹嘛……"

"可是他们没有从事军事科学的研究。"尹文石喃喃自语。

"即使我们不做，一样会有人做。"金在宇继续鼓动着。

允许试错、宽容失败、充分信任是DARPA的法宝，通过多元化的高新技术创新模式，DARPA创造了很多科技史上的奇迹，快速响应太空发射能力就是这些奇迹里最突出的一项内容。当今正在部署的弹性太空架构，探索卫星保护、扩散和冗余等概念，更全面地纳入商业太空部门的创新。例如"发射器一号"运载火箭在南加州海岸附近上空从波音747-400机翼下向太空发射并首次进入轨道，向低近地轨道投送9颗CubeSat小型卫星。还有SpaceX的猎鹰9号可重复使用运载火箭。

21世纪第二十个年头之后，太空竞赛将比20世纪更为实用有效，这种竞赛不再仅限于炫耀国力，而是实实在在地推动技术与社会的变革，进而影响人类的生存状态。

"高容错飞行是人工智能在发射领域的最大作用，目前的箭载计算机大多不具备重新规划飞行任务的能力，或需要地面人工计算制导诸元后，通过测量系统进行上行注入，一定程度上实现弹道的重规划，将卫星送入轨道。而一旦实现了高容错飞行，人工智能会在运载火箭飞行阶段进行故障自我诊断以及深度学习训练，在分秒必争的运载火箭飞行阶段完成故障预测、故障定位与故障隔离工作，并通过轨迹弹道重规划、制导姿控模型重生成，有效隔离局部故障，规避失败风险，最优化飞行轨迹与姿态控制，有效挖掘潜在运力资源。"

讲台上，金在宇意气风发侃侃而谈。

"KAIST 的 Hubo 曾经在救灾领域机器人挑战赛中夺得冠军，而今 KAIST 在发射领域人工智能的研发更进一步，我们将之定义为智慧火箭发射项目，目前我们通过计算机模拟的火箭发射，能够通过自动故障诊断、评估与重构，依然能保持姿态稳定的高精度入轨。"

金在宇代表 KAIST 的发言完毕后，台下鼓起了不太热烈的掌声，也许是这个话题已经不够新颖了，但还有一定建设性。

主持人接过话筒，向金在宇教授表示感谢，同时邀请下一位发言人上台。

金在宇长长地舒了一口气，他已经习惯性地伸手拍尹文石的肩膀了，这一拍一击中显示着他的亲近之意。

"走，我给你介绍一个人。"

尹文石已经听了不少人的发言，其中不乏非常实用的论文稿件，这里果然精英汇聚，他不由得想起了从前。

"很像高级版的 RoboCup。"尹文石随口说着。

金在宇的脸一扬，不屑地说道："RoboCup？那种玩具怎么可以和 DARPA'大挑战赛'相比？"

在金在宇的带领下，两人穿过了一座大厅。

"看见那边的机器大狗了吗？"

顺着金在宇手指的方向，尹文石看见大厅一角的陈列架上摆放着一台狗型机器人，但是他很快发现这台机器人与其他机器人的不同。

"那是枪!"尹文石吃了一惊。

机器大狗的后背上，黑黝黝的、泛着幽森光芒的东西正是一挺通用机枪。

"没什么大不了的，机器人进入军事领域肯定不是电影里虚构的桥段。"

从一开始就惴惴不安的尹文石在看见机关枪黑洞洞的枪口后，犹如一根冰刺直扎入心脏，连皮肤的感觉都开始麻木了，带着这种僵硬感他见到了一位 50 岁上下的西方人。

"这就是你说的那位很有才华的年轻人？干得不错。"朝着金在宇说完这句话，他朝尹文石怪异一笑，然后伸出手说，"你好，我是劳埃德·温德尔。"

第24章

恐　惧

十六年前，尹文石自信满满地带着 ASS 队踏上美国西雅图的土地时劳埃德也在场，那个时候的劳埃德可从没把这些学生放在眼里。看着这位昔年的冠军队选手，劳埃德虽然感慨时光飞逝，但仍然在大放厥词。

"RoboCup，即使过了二十年仍然是小孩子的玩具，虽然很新奇，却没什么用，还是我的眼光好，早早地发现了韩国有着巨大的进步空间，现在连波士顿动力公司都归你们了。"

斯塔基收购波士顿动力公司仅一年时间，便将公司股权高价卖出。去年，韩国现代集团以 11 亿美元收购了波士顿动力公司，不过斯塔基仍然通过附属公司控制波士顿动力公司 20% 的股份。作为移动机器人的全球领导者，波士顿动力公司的产品是全球最先进的，他们大胆地将工程技术与先进的思想融合在一起，并且不顾舆论，开发了军用机器人，这也是斯塔基全球战略转移的原因之一。重返北美的战略规划下，斯塔基（中国）有限公司的撤销成了必然。

提到波士顿动力公司，尹文石脑子里就浮现出那个黑洞洞的枪口。

劳埃德是美国国防部高级研究计划局（DARPA）的人。DARPA是美国国防部重大科技攻关项目的组织、协调、管理机构和军事高新技术预研工作的管理部门。从越战后它进行了大改组，开始不断刷洗身上存留的越战痕迹，转而开始塑造自身对社会有益的形象，比如救灾，比如全球定位……

这些既可军用也可民用的研究让其自身形象有了很大的改观，也吸引了相当多的学术机构参与到他们的项目中来，但是再怎么标榜民用，这个机构的最终目的依然是为军事服务。

原本尹文石也是觉得自己从事的是民用研究，而且金在宇的许诺非常丰厚，研究团队由金在宇负责。尹文石只需要提供少量技术支持就可以拿到项目，40万美元已经保底了，说不定可以冲击最高200万美元的奖金，但是现在他的脑海里怎么也甩不掉那杆枪。尹文石这辈子从没觉得自己能和武器打上交道，但一个可怕的事实摆在他的面前，他正在帮助另外一个组织去为另外一个国家研制高科技武器。这种行为如果是为自己的国家服务，那没问题，甚至还会觉得自豪，但现在……

尹文石无论如何也不能把这一行为与正常两个字联系在一起，这点儿自觉他还是有的，即使试图说服自己，甚至麻痹自己，但是当那支枪和机器大狗结合在一起展出后，一切脆弱的说服都难以逾越武器的障碍。

"当今世界每个国家都想超越美国成为世界第一，这无可厚非，第一就是给人超越的，但是那些不自量力的人也不想想，这怎么可能？现在不是17世纪，任由哪个国家找到一处富裕的殖民地就可以一跃成为世界霸主，也不是19世纪靠一两场战争就能改变自身的处境，哪怕是20世纪末期，靠着一两场战争或可短期改变其自身处境，但是靠核化武器讹诈就能让大国害怕早已成为历史，现在社会拼的不仅仅是综合国力，还有高于这个世界本身的科技。"

劳埃德很喜欢大谈国际政治，尽管很多论调并不正确，但不妨碍他用自己的价值观去影响别人。

看着尹文石一副心不在焉甚至有些惶恐的样子，劳埃德大笑，他喜欢这个样子，喜欢别人对他的敬畏。

突然，劳埃德伸出大手在尹文石的后背上重重地拍了几下，笑道："小伙子，我喜欢你，虽然我们是第一次见面，但是你给我的感观比从前那个家伙要讨喜得多，那个家伙叫什么来着……"

"李英勋。"金在宇在一旁补充道。

"对对，绕口的名字……"劳埃德毫不顾忌地说道。

"这次你只需安心参赛，别的问题我们会帮你解决，一旦你促成这单交易，斯塔基公司一定会给你丰厚的收入回报的。"

劳埃德口中的交易尹文石大概知晓，本次参赛后，金在宇所带的团队会组建一个商业火箭发射公司，这是准备向 SpaceX 的业界领域发起挑战，所需要的资金是巨量的，当然成功的回报也是丰厚的。

有竞争才有服务，这也是美国军方想要的结果。

促成这单投资意味着什么，哪怕非业内人士也能想得很清楚，如果说先前，尹文石一定红光满面、满怀激情地去干这件事，但是现在他只有深深的恐惧，植根于心灵深处的恐惧……

美国西部加利福尼亚州维克多维尔的乔治空军基地。

DARPA 的竞赛并不定期，也并非每年都要举行，需要根据所需项目进行修正，DARPA 在技术领域设有 6 个项目办公室和 5 个职能办公室，劳埃德就是业务项目办公室的负责人。

作为业务部门，劳埃德手中的权力非常大，甚至可以影响到经费分配，这也是金在宇这种高冷的人在他面前连句强硬的话都不敢说的原因之一。

虽说感觉不好，但是到了美国的土地上，尹文石还得乖乖跟他们走，生怕一不留神就没法离开这个国家了，他不愿意去，甚至还想装病来着，可是人家一说找医生，他马上怂了。

当初来的时候怎么想的？拿到40万美元就走人，现在看来不仅不白拿，还要把他套牢，而他的价值又在哪儿呢？斯塔基中投？

不，那边有很多高层可以左右局势，那不是他想做的，尹文石总感觉这里面有圈套，可是又说不上圈套在哪儿。这个大局不是他这种搞搞市场投资，做几个小业务，最终却算技术人才的人能玩得转的。

金在宇一个劲儿在旁边安抚："不过是个小游戏，没必要紧张，发射挑战要下半年才开始呢，现在来不过是熟悉场地，顺便让你实习一下，为未来的合作做铺垫。只要你想，代替李英勋那个不讨喜的家伙不是不可能。"

"是……是吗？"

这几天，尹文石一直感觉自己身上虚汗淋漓。

进入基地前，尹文石被严令签署了保密协议，他感觉这东西就像套牢了自己的绳索一样，再也挣脱不开。

"我们不搞那些无聊的比赛，每一个项目都要确保能够应用于实用领域。当然，我们允许失败，而且是多次失败，这点你不用担心。"劳埃德一如既往的大嘴巴，看得出他似乎真的对尹文石存在某种"好感"，只是原因不明。

"网络、通信、智能、设计制造、生物医药，没有我们不涉及的领域，同我们合作是一件对双方都有好处的事，这点没人比金教授更清楚了。"劳埃德又重重地在金在宇那不怎么强壮的身板上拍了一下。

"那我们来这里是做什么呢？"一直畏畏缩缩的尹文石在签了保密

协议后终于提出了自己的问题。

"这里有一项感知赋能任务指导项目挑战赛，来自 34 个国家的团体正在参赛，让你来看看我们的底气。"

"感知赋能任务指导……"仿佛一下子被深邃的黑洞吸引，尽管危险，但还是让尹文石不由自主地对这个神秘的项目产生了好奇。

综合来说，感知赋能任务指导并不是某项技术，而是很多技术的集合，甚至可以说是黑科技，综合来说包括：知识转移、感知绑定、感知注意、用户建模等等。

乔治空军基地有着非常好的场地条件，2007 年的 DARPA 城市挑战赛以及其他多项大赛都是在这里举办的。这里不仅有专门为机器人搭建的模拟楼，还有用于生物医药领域的实验室。网络通信发达，最重要的是保密性好。

所以这次感知赋能任务指导项目挑战赛依旧安排在这里举行。

"相比于之前的城市挑战赛，这个项目参赛的国家比较少，主要原因是技术水平太高，很多领域的研究机构暂时够不到门槛。"劳埃德不无得意地侃侃而谈。

话正说着的时候，透过窗口，尹文石看见一位穿着奇怪金属外骨骼装束的人正在一具模拟人体上操作着什么，像是在做手术。

"这是其中一个项目，服务于战地医疗，穿那套衣服的人是评委，他们会根据自己的感觉来打分。"

"评委？"尹文石很惊讶。

劳埃德得意扬扬地说："很多战场伤员因为得不到及时的救治而变成重伤甚至死亡，尽管我国的战地医疗非常先进，但是仍然难以保证每位受伤的士兵都能得到良好的救治，而有了这套系统，任何一个不懂医疗的人都可以成为优秀的医生，这样只需要每个战斗小组配备一套这样的装备就能最大化减少伤亡，重塑战斗力。"

尹文石在参观了感知赋能任务指导项目相关演示后，又被带到乔治空军基地的模拟小镇参观"进攻性蜂群"攻击展示。

这座小镇曾被多次应用于城市挑战赛和机器人挑战赛，里面有人工设置的各种复杂地形，如今又应用于演示蜂群进攻，这种铺天盖地的震撼感不亲临现场的人是感受不到的。

当看着密密麻麻的袖珍无人机扑向小镇时，尽管没有旁白解说，尹文石还是从自己的专业角度做出了判断。

这是至少300个平台以上进行联合协作行动，虽说他们在玩RoboCup的时候就已经做过联合协作的操作编程，但这是300个，300个的复杂程度不是简单的加法。

那一架架小无人机绝对不是玩具，它们可以根据任务进行不同程度的赋能，侦察载具和武器平台相互结合，甚至可以进行空地协同，最重要的是这些载具都是智能的，只需要给它们一个简单的命令，他们就可以进行连续几个小时的不间断作战，随着技术的提升，作战时长会进一步延长，相关的载具也会增多。

尹文石毕竟是个男人，对军事和武器有着天然的兴趣，凭借简单的兴趣判断，如果说这是未来战争的样式，他毫不怀疑。

未来的战场上，全副武装的战士可能连敌人的面都见不到，和他们作战的都是这样一架架不比篮球筐大多少的无人机和地面作战机器人……

恐惧，这场"大挑战赛"完全就是为了军事目的开展的。尹文石丝毫不怀疑那些外表漂亮的机器人会在战场上把人撕个粉碎，浓郁的杀戮气氛令尹文石感到深深的恐惧。

第 25 章

RoboCup 赛场上的会谈

随着国力的提升，中国承办的国际赛事越来越多。最新一届的 RoboCup 由中国自动化学会、中国科学院智能科学与技术科普联盟和当地人民政府共同主办，非常盛大。接受了路扬的邀请后本想第一时间返回上海，然而姚智宸却说那边暂时没有他要忙的，建议他去杭州参观正在那里举行的 RoboCup 大赛。

又是 RoboCup，一切从 RoboCup 起，如今仿佛是命运有意的安排，杭州并不远，发达的沪宁杭高铁网可以在一个小时内抵达任何一座周边城市。

盛会开始前有研究员做的专题报告，依旧是青少年赛和中国赛区同时开赛，会展中心虽大，但是人流众多，走到闸机门口，江伦用手机扫了邀请函的二维码，刚一进去一个成熟的女人向他挥了挥手。

"大嫂。"

十几年了，秦妍仿佛逆生长一样，这副身姿哪怕二十几岁毛头小子也会被吸引，怪不得姚老大当初一盯上就走不动道儿了。

"来啦，路扬等你很久了。"

"他不是回上海了吗？"江伦诧异。

"计划有变，所以我也来了。"

"什么计划？"江伦丈二和尚摸不着头脑。

"LFAIR 的人来了。"

江伦恍然大悟，怪不得姚智宸昨天电话里急吼吼的，要他必须到场。

大赛有专题的会展，国内外的机器人产品在这里竞相展出，有很多新奇的产品值得一看，不过此时江伦一行人顾不上看这些了，匆匆地走过一个又一个展台，在一家港资的机器人研究所的展台前停下了，他们走进展位。

"来啦！"路扬一眼看见他们，此时他正和一群人说着什么，见江伦和秦妍来了，朝这边招了招手，然后示意一边有沙发。

江伦和秦妍坐下，有意无意地打量着这间展位的展品，墙上展示的是纳米机器人的放大照片，展位上也多是医疗机器人，角落里还有一些服务性机器人，看来这家研究所是以医疗机器人为主攻方向的。

路扬和那一群人聊了些什么，然后宾主双方高兴地握过手后，路扬这才带着两个年纪差不多的人过来。

"介绍一下……"

"你好，于时！"还不待路扬开口，女白领大方地伸出手，她显得很活泼，双颊蒙上了一层苹果红。

江伦连忙站起身谦虚地点下头，与她轻轻地握了手。

路扬抬起手介绍另一位男士："夏常，负责智慧片区的打造，产业院人工智能工程师。这位是于时，负责企业入驻相关环节的招标与审批。"

那名男人带着上海男人特有的腼腆，口音还算周正，伸出手自我介绍道："我叫夏常，这位是我领导，家里和外头都是。"

呃……

这样的开场白倒让江伦有些无语，不过气氛一下子活跃了起来。

于时刚一坐下便抢先道："技术的事他管，业务的事我负责，你们的情况我已经听说了，我们 LFAIR 就是为了这种情况才成立的，细节部分我们可以慢慢谈，我想先听听你有什么要求。"

秦妍伸出手抓起桌面上的一个空纸杯，扬了扬说："总不能就这么干说吧，按照上海人的习惯，怎么也该先叫杯咖啡才是。"

于时明显是个风风火火的姑娘，从她身上江伦看到了柯静曼的影子，只见她怔了一下，说道："北京人喜欢泡茶，上海人喜欢泡咖啡，不过我一直嫌这些东西影响工作效率，所以我只喝矿泉水。"

江伦目瞪口呆地看着她从挎包里拿出一瓶打开过的矿泉水，然后一饮而尽。

夏常对着秦妍笑了笑说："不好意思，我们家就这样，我去倒咖啡。"

"哎哟——"

江伦眼看着于时当着众人的面狠狠地掐了一把夏常，他甚至能够对那种疼痛感同身受。

在不到一个小时的时间里，于时解释得很清楚，但也过于清楚了。这个女人很健谈，而且骨子里面还透着一股狡黠，她大概是吃不准路扬把他们拉上接洽这件事到底有几分把握，所以言辞更官方一些。她只是在不断地解释着 LFAIR 的宗旨和愿景，具体合作事宜却只字不谈，看似说了很多却没有过多的内容。

秦妍笑了，她已经摸清了对方的意思，却把话锋一转："夏总工，听说你在研究脑机芯片？"

夏常不好意思地摸了摸自己的头，似乎被关注是一件很意外的事。

"是啊，脑机芯片公共实验室已落成，最近我就在做那个。"

秦妍喝了一口咖啡，不紧不慢地说："我听说平台首期建筑面积4600平方米，设有16个面积在150到260平方米的独立办公空间，每间都有专线连通平台的计算中心和实验室互联。平台承载主体称其人工智能芯片实验室配备了世界先进的芯片研发系统和设备，可提供芯片设计、测试及验证等专业服务，是这样吧。"

夏常看了看于时，不好意思地说："大概是这样吧，这个她比我清楚。"

"我们手里也有一个很重要的项目，你们都知道Intelligence Quest吧？"

于时点点头。

"我们的超级妙和这个项目有很多类似之处，而且这是我们独立研发的。"

"开玩笑吧！"于时难以置信地叹道。

"不开玩笑，今天工程师都给你带来了，如果有兴趣可以让技术人员之间进行细聊。"

秦妍很狡黠地避开了于时对话题的主导，尽管于时自称是领导，但她看得出来，夏常才是那个最终能拍板的。

于时也发现自己遇到了一个难缠的对手……

"听说产业院刚成立的时候你就在，那个时候我也在关注这里的布局与发展，现在是个加速度的时代，很多技术早一天就会占到很大优势，人工智能这个领域我国并不落后，如果贵院是真正着眼于未来人工智能发展，那么我想为你们介绍一个人。"

路扬代表这家港资的研究所，夏常代表研究院，江伦是合作者，三人围坐在一起直接交流的效果更好。几句话过后，几个人就开始交流技术细节了，没有多余的对话，只有名词对名词、数据对数据，几个回合下来，不仅是夏常，连对这件事有一定了解的路扬也赞叹不已。

"你确定整个过程中没有一点人工培养的痕迹？"

"没有。"江伦淡定地说。

"天呐，你这是在制造生命！"路扬的比喻就算夸张，但也确实很形象。

夏常喃喃道："和麻省理工学院的计划不谋而合。"

正在感叹中，路扬的电话响了，他没有解释，连忙站起身向展位外望去，很快江伦就看到路扬正在朝着什么人招手，又是两个人走了进来。

一见到那个精明干练的身影，江伦呆住了。

很多记忆会随着时间的推移而模糊，但对程新雪的记忆始终没有变，如果不再重逢，那么江伦记忆里的她将永远是那个孤傲的小姑娘。

"好久不见。"程新雪的表情没有太大变化，她平静地伸出手。

江伦点点头，任由那只手停在空中，程新雪也不勉强，拉过身边的年轻人向江伦介绍道："他是……"

"江伦！"年轻人发出兴奋的叫声。

第26章

起死回生

江伦几乎不敢相认，当年那个参加 RoboCup 青少年赛的何宏小朋友已经长这么高了。

"我……呃……"

该说恍若隔世呢还是沧海桑田？总之江伦就是有这种奇怪的感觉，老友新友都认识了，一切的话题都在围绕他。

人工智能不是盖房子，最后一米的距离是无数先辈沉淀下来的成果集合。由弱人工智能转向强人工智能不是进步，而是飞跃，这条路上没有领跑者。本届杭州 RoboCup 的规模非常大，参赛者无一不是来自名校，有老对手日本长冈技科大的 VOS 队，也有新秀，看着各大学府的校徽，当真名校云集，其中不乏清华大学交叉信息研究院、新加坡南洋理工大学、美国伦斯勒理工学院、美国亚利桑那州立大学这些后起之秀，而且怎么也少不了行业龙头斯坦福大学和麻省理工学院这样的顶尖院校，KAIST 也赫然在列。

不论是会谈还是参观，程新雪都表现得游刃有余，侃侃而谈的她身上再也看不到当年那个孤独的身影，江伦还记得在西雅图的那次呐喊，是否她真的放飞了自我？

"程教授还好吧。"

会谈结束，程新雪单独约了江伦出去走走，虽然不是在西湖边，但这里的风景依然优美。

两人并肩走在白马湖畔。江伦开口后，程新雪点点头，刚才她一直在沉默，似乎在想事情。此时她的脸上又重新洋溢出笑容，迎着江伦的脸说道："他很好，有时候还会惦记你们，倒是你们十几年了从没回去看过他。"

"这……"江伦有点羞愧。

"没关系，他是老师，只要学生有出息，无论看与不看都是他的骄傲。"

"对不起……"江伦低下头。

"不用说对不起，我想问你一件事。"

"什么事？"江伦有些错愕，因为程新雪的语气非常认真。

"你那天为什么会来找我？"

那天……在为数不多的接触中，江伦主动找程新雪只有那一次，可若非要说为什么，只能是……

"我在担心你。"

程新雪的眼神有些迷离，但几秒钟后就再次恢复清明，她点点头，欣慰地说："我知道了，谢谢！"

江伦以为程新雪会就这个话题继续说下去，但她把话题转向了江伦的项目。

"你认为强人工智能可以实现对吗？"

江伦点点头："是的，强人工智能属于万用人工智能，它将突破编程的限制。"

"假设强人工智能真的成功了，凭你的技术能控制它们吗？"

"他们？"江伦想起了撒拉巴和托米玛，"现在很难说控制，因为在这个阶段他们还很不成熟，不过如果想限制一定的行为还是做得到的。"

"如何做到？"

"基因锁……"

基因锁并非生物性质的，而是和生物的基因限制差不多，常规来说还属于编程的一种，就是用一个人工智能去限制超级智能。

程新雪点点头表示了解。

"这样的计划投资可以说是个无底洞，任何资本都会慎重的，我个人倾向于支持你，但很难说。"

"没关系，我其实也想好了，后续的投资不会太多，而且……"江伦有些难过，"因为我拖垮了两个公司，我反思了，今后不会这样了。"

"不是两个，只有追忆。"

"什么？"

"斯塔基已经决定撤出中国了。"

"真的吗？什么时候的事？"

斯塔基撤离中国的事是在KAIST队在DARPA"大挑战赛"后决定的，虽然现在还没对外公开，但中国区已经在收拢资金了，这是撤离的前兆。在姚智宸的游说下，LFAIR先出手解救了长明科技股份有限公司，稳住了现有的业务链，正是因为这些事，姚智宸才忙得不可开交，他在一个人强撑着局面。

"老大……"

听程新雪叙述了整个事件的经过后，江伦苦笑着呢喃，眼里噙着的泪花出卖了他的内心。姚智宸还真让公司起死回生了。

"但追忆的破产已经是板上钉钉了，你作为主要责任人可是要扣分的，所以之后的具体细节还要拿出更完善的方案来说服投资方才行。"

"我明白了。"

江伦找到了一种久违的感觉，这种感觉就像最初参加机器人世界杯竞赛时的一样，热血！对，就是热血，整个身体充满了热血。

程新雪的电话响起，她接起电话，用很熟练的英文说了几句，之后又转成中文："我知道了，你在那边做得很好，只是不知道你自己现在怎么想。"

是谁在打电话？江伦准确地捕捉到了一丝异样，这种敏锐的感觉神经是什么时候练出来的？

"他？就在我身边，你要他听电话吗？"

认识我？江伦大吃一惊。

对方似乎犹豫了很久，终于江伦看见程新雪把手机递到他面前。

"喂……"

"你还好吧。"

一个轻柔的声音打动了江伦的心房，几个月的分别，竟然恍如隔世……

"自4月以来，长明科技的盈利在逐月减少，这是因为市场监管部门加紧了对同类产品可能涉及的侵权行为的监督，而且同月，国际市场上机器人核心控件价格再一次上涨，各大品牌公司生产的CPU、DSP和FPGA的涨幅平均在10.5%至15%之间，其中美国德州仪器和赛灵思两家企业的涨幅最大，达到了17%，另外伺服电机在原有上涨的基础上，价格进一步上调。长明科技连续三个月的利润分别对比去年年均下降11.5%、14.4%和16.1%，本月仍有进一步下降的趋势。"

柯静曼回来了，还从圣路易斯华盛顿大学带回了两位优秀的博士生。

"虽然起死回生了，我们面临的形势仍然不乐观，所以我建议对公司进行重组，除了结构上需要改组外，市场定位也必须进行调整，而且为了打通市场我们必须做战略调整。"

长明科技的智能会议内，柯静曼总结着她的市场分析结果。

"攻关这一块，我有新的计划，争取年底我们的产品能在春节晚会上亮相。"秦妍自信大方地说，现在她已经成了公司的管家婆了。

"妍姐真厉害，一出手就是大项目。"柯静曼丢开鼠标，看了一眼大屏幕上的绿色曲线图，似乎下滑已经是根本不用担心的事了。

"这一次江伦必须主导项目，三个月内拿出成果。"秦妍没给江伦太多的思考时间。

姚智宸坐在首席，满意地看着这一切，他笑着点头道："现在我们有一个天赐良机，斯塔基的动作表明距离他们退出中国市场不远了……"

"我纠正一下。"柯静曼打断了姚智宸的话，说道，"斯塔基只是准备撤销斯塔基（中国）有限公司，其产品并没有退出中国，我们仍然面临激烈的市场竞争。"

"但已经掀不起更大的风浪了不是吗？"姚智宸说。

柯静曼摇摇头："我们面临的困难仍然是资金，虽然有了 LFAIR 的支持，但产品投入生产仍然需要大量资金，保守估计在 1500 万至 2000 万之间。"

"这么多啊。"姚智宸搓了搓手，不过他诡异地一笑，"我今天请来了一个人，关于资金问题请他给大家讲一讲。"

大屏幕切换了画面，一个久违的身影出现在屏幕上。

"李英勋！"

第27章

舞蹈机器人

李英勋用一种近乎虔诚的语气说："很高兴见到你们，重新认识一下吧，上海英宸基金管理公司总裁，李英勋。

"其实看到那时朝气蓬勃的你们，我仿佛看到了当初的自己，从麻省理工出来，一心想闯出自己的天地，最后却还是中庸地选择了入职斯塔基集团，这里面有家庭的原因，最重要的还是自己的软弱。有的时候我想凭借自己的能力，多给别人一些机会，但是很遗憾，那个时候的我还是屈从了一些力量，虽然我的信仰并不支持我向这些力量屈服。"

李英勋的开场白让他看起来像换了一个人一样，从认识他起，还从来没有对这个人产生过任何的亲近感，接下来的话更是让大家目瞪口呆。

"在担任斯塔基CFO和中投总裁的时候，我履行了职责，成功地干掉了最有潜力的对手追忆科技，但我并不后悔。如果你们在那样的小场面里都一蹶不振的话，那么你们根本就不是值得欣赏的对手。商业领域就是这样，在商场中失败就要靠商业手段再拿回来，我很高兴你们找到了新路，在这条新路上我仍然有自己的职责，作为职业经理人，我一定会对英宸基金负责的，有赚钱的机会绝对不会放过。"

李英勋就那样大言不惭地在众人面前讲出了不为人知的秘密，重返中国的他整个人的气质都不一样了，怎么看都……

欠揍！是的，这副嘴脸着实招人恨，但你又偏偏发作不起来。

假洋鬼子！几个人心里咒骂着。

"英宸基金会一次性调拨 2000 万资金注入你们的生产项目，这 2000 万的投资我们要分红。"

2000 万！江伦觉得不可思议，先前明明是倒闭要破产的公司，现在不仅起死回生了，还有人争着投钱！太不可思议了，资本市场都是这么玩的吗？

"2000 万！你太小看我们啦。"姚智宸似乎一下子年轻了十几岁，又回到大学时的样子，他就差没跳起来了，"2000 万只是打底，我们至少需要 4000 万。"

江伦眼珠子差点儿没瞪出来，老大可真会狮子大张口，4000 万啊！

可李英勋只是稍微犹豫了一下，便点头同意："原则上我个人表示同意，不过还要上董事会研究讨论，至于分红比例……"

"一个点也不加，跟就跟，不跟就算了，投资公司又不止你一家。"姚智宸底气十足地说。

李英勋再次犹豫，说道："好吧，不过我要先看到产品，给你们一个月的时间。"

"嘣嚓嚓……嘣嚓嚓……"

在动感十足的音乐中，一队跳舞机器人列队站立着，银白色的外壳闪耀着冷冽的金属光泽，每一个细节都流露出精湛的工艺。它们的身体设计线条流畅，优雅而有力，仿佛将力量与美感完美融合。随着音乐的节奏，它们开始舞动，每一个动作都如同精密计算过一般，既准确又富有动感。机器人的双臂和双腿在空中划出优美的轨迹，如同在绘制一幅生动的图画。它们的关节灵活自如，旋转、屈伸都显得那么自然，仿佛不是由机械零件组成，而是有血有肉的舞者。每一个转身、每一个跳跃，都展现出无与伦比的精准与协调，这是人类舞蹈所难以企及的一种完美。这一刻它们仿佛不是简单的机器，而是充满了生命力和灵魂的舞者，用舞蹈诠释着科技与艺术的完美结合。

"这是我们 ASS 公司整合后研发的第五代跳舞机器人，注入了家用服务机器人理念的双足机器人。使用新型大力矩伺服舵机、ID 设计、轻量化结构设计、交互系统、传感系统、软件架构、控制算法多方面对 Walker 进行了全新设计。全新升级的所有的伺服关节，设计了从 2.5Nm 到 160Nm 的系列伺服舵机作为驱动单元，速度可以达到 60 转 / 分钟，支持位置模式、速度模式和力矩模式三种控制方式。有了 LFAIR 的支持，我们已经与海内外多家实验室和研究中心建立了合作关系，瞄准未来十年做前沿研发。机器人和人工智能领域还有不少有待探索和优化的技术，例如图像和视频的语义理解、情感识别和理解、机器人的关节技术、步态运动控制算法等等。ASS 将通过这些领域的探索，掌握技术的主导权。"

一个月后，这一天很热闹，前来参观的不只是李英勋，程新雪还带来了 LFAIR 的于时和夏常两位负责人。

这就是秦妍口中的大项目，机器人参加春节晚会。

"已经和节目组申报过了，项目没有问题，而且很能体现中国的科技实力，这场节目一定会很精彩。"

看着舞动着的机器人，李英勋的眼里露出笑意。

柯静曼举起手说："目前国外的一些留学生对国内的人工智能环

境很感兴趣，已经出现了归国潮，人才为后续技术的升级做了保证，公司已经形成'产品、研发、预研发'三个层级的研发团队，ASS 公司正在走上健康发展的道路，预计明年在仿真机器人市场上会夺取 30% 的市场份额，这是保守估计。"

场上众人缓缓地鼓起掌。

柯静曼讲完后，程新雪凑过去和她耳语了几句，两人很神秘地悄悄离场。

过了一会儿，柯静曼又回来了，拍了拍姚智宸的肩膀，然后给了江伦一个眼神。江伦不明所以地跟了出去。

公司的接待室里，一个坐立不安的身影东张西望着，一会儿满脸彷徨，一会儿又羞愧难当。

远远地从玻璃墙外看着这个孤零零的身影，三个人的心犹如五味杂陈。

尹文石怔在原地足有一分钟的时间，比赛落败让他羞愧地回国，没多久，斯塔基（中国）有限公司开始大裁员，尹文石"很幸运"地第一批加入了裁员大军。

"你们……"

从来没见过尹文石低下高傲头颅的样子，可想而知他今天的决定需要下多大的勇气，三个曾经的伙伴默不作声地看着他。

"我……"尹文石勉为其难地开口，"我没奢望你们的原谅，这次来我只是想告诉你们一些事情，说完我就走，绝不耽误你们的时间。"

姚智宸和江伦交换了一个眼神，然后说道："屋子里太闷了，我们出去走走吧。"

第28章

失败的挑战赛

6月的上海对北方人来说已经不算凉爽了，但滴水湖畔的空气十分清新。临港区与上海其他地方不同，这里多是写字楼，楼层不算太高，方方正正的，是功能实用的办公首选。

原长明科技经过重组后，成立注册了 ASS 公司，并进驻临港。提到这个名字的时候，尹文石感慨万千，那是他们年轻时代的高光时刻。

"我们以 associate 的简写 ASS 作为队名的时候，从没想过有一天它会成为业内一张响亮的名片，恭喜你们。"姚智宸眺望着平静的湖面，若有所思地说，"我喜欢这片湖，这大概是世界上最圆的湖了吧，每次从机场起飞都能看到这里。"

"我以前喜欢在飞机上看东方明珠。"柯静曼说。

江伦眼角的余光瞥向柯静曼的侧颜，被风吹起的头发撩拨着她的脸颊，岁月终究是在她的脸上留下了痕迹，不过她仍然是她。

"你来该不会就是为了说这些没有营养的话吧。"姚智宸冷冷地投去一个充满怨念的眼神。

"我是来把我在美国的见闻讲给你们听的。"

"我们没时间听你讲故事。"姚智宸不屑地扭过头，目光深深地望向滴水湖中心。

"什么样的见闻？"江伦接过话。

"DARPA'大挑战赛'……"尹文石说起这场所谓的国际赛事时脸上仍带着惊恐的神色，"'DARPA'的大挑战赛太恐怖了，我怕将来他们会针对我们……"尹文石心有余悸地说。

他给人的感觉就像被什么东西重创出阴影一样，额角的汗也开始滴落了，他连连擦汗后，恢复了些精神，然后继续说道："斯塔基撤出中国后留下很多陷阱，加上他们这些年积极参与北美的军事机器人开发，这些因素对新公司及至我国的整个行业都非常不利。"

借贷撤股，把自己的后路安排妥当，转身就投入斯塔基的怀抱，尹文石的行为让三人很难抵住恨意。如今 ASS 公司成立，他又回来了，带着悔意，却几乎不可能获得原谅。

"他们嘛，本来对我们也不友好。"柯静曼嘟囔着说，然后同样扭过头，不想再看这位当年崇拜过的会长。

江伦从思绪中回过神，说道："竞争肯定是有的，问题是他们现在进行到什么程度，和我们的差距有多少。"

尹文石似乎在叹气，却没有让人听出声音，他把自己的见闻娓娓道来……

在 DARPA "大挑战赛"救援赛的现场，废墟与瓦砾构成了一个庞大而复杂的模拟灾难场景。阳光斜射在这片破败的土地上，投下斑驳的光影，空气中弥漫着一种凝重而紧张的气氛。在这片寂静而充满挑战的战场上，只有机器人的轰鸣声和偶尔传来的金属碰撞声。

波士顿动力公司的人形机器人 Atlas 率先登场了。

Atlas 这款双足人形机器人，不仅能够在复杂地形中行走，还可以执行一些类似人类的动作，如搬运箱子、开门、使用工具等。机器人的高度和重量都接近于成年人，它集成了高级的机械装置、传感器和控制软件，以实现与人类相似的运动和操作能力。波士顿动力公司一直在不断升级和完善 Atlas 的功能，以期望在未来能够应用于救援、探索和其他需要人形机器人作业的领域。

比赛从开场就增加了难度，机器人要驾驶自动车辆进场，完成从下车开始到进入作业面的全部动作，完成度最高者才可胜出。

智能汽车准确地停在了比赛规定的位置，Atlas 从车上下来，它的灵活度较前几年有了很大提升，每一步都迈得沉稳而有力，仿佛在宣告着它对任何挑战的蔑视。

然而，在这片如同战场的废墟中，即使是 Atlas 也并非无所不能。

当 Atlas 试图穿越一片由倒塌的墙壁和扭曲的钢筋构成的障碍区时，它的身躯反而成了最大的阻碍。Atlas 的机械臂努力地伸展，试图将这些障碍物挪开，但奈何地形复杂，使得它在狭窄的空间内难以灵活操作。在一次试图抬起一块巨大的石板时，机械臂突然发出一声刺耳的金属扭曲声，显然是承受不住这巨大的重量。石板重重地砸回地面，激起一片尘土，而钢铁巨兽则尴尬地停滞在原地，其令人羡慕的身躯此刻反而显得有些笨拙。

比赛的全程没有人类的干扰，参观者只能看着这台可怜的机器人在废墟里腾挪。不过 Atlas 显示出了其智能水平，它很快找到了更便捷的方法，扭曲着身子开始翻越障碍物……

在这场比赛中，失败似乎成了常态，但每个机器人都在不断努力尝试，试图找到突破困境的方法。在废墟的另一端，来自日本的"救援先锋"机器人正忙碌着。它拥有先进的图像识别技术和精确的机械手臂，这使得它在寻找和救援被困者方面具有得天独厚的优势。然而，即使是技术如此先进的机器人，也难免遭遇意外。当"救援先锋"机器人接近一个被困的模拟受害者时，一块隐藏在废墟中的石板突然松动，直直地砸向了机器人的机械臂。虽然操控者反应迅速，试图躲避这突如其来的危险，但石板的重量和速度都远远超出了机器人的应对能力。只听到一声巨响，石板重重地砸在了机械臂上，将其瞬间砸得变形……

由于现场的设计过于复杂，机器人的样子一个比一个狼狈，即使技术发达的今天，有些机器人在下车时就遇到了意外，轰然摔倒，以至于参赛队不得不灰头土脸地宣布提前退出比赛。

金在宇很有自信，他认为他已经预料到了所有困难，当 KAIST 的第六代 Hubo 从车上走下来时，满脸都带着笑容。

第六代 Hubo 上场了。在第一个关卡 Hubo 表现得十分出色，没出现 Atlas 的失误，它很敏捷地翻越了废墟。然而，即使是如此敏捷的"搜寻者"，也在一个看似简单的任务上栽了跟头。当它试图爬上一个倾斜的土堆时，松软的土质和陡峭的坡度给它带来了巨大的挑战。机器人几次尝试都未能成功登顶，反而在一次次冲刺中耗尽了能量。最终，"搜寻者"在一次冲刺中失去了平衡，整个机身翻滚下坡，扬起一片尘土……

金在宇的自信消失了，这一切都被尹文石看在眼里，一边暗自焦急，一边又感叹，在 DARPA "大挑战赛"中胜出真的不是一件容易的事，果然不是 RoboCup 可以比的。

"就这些？"姚智宸仍然是冷眼看着他。

尹文石以近乎虔诚的态度说："我手机里有一些现场视频。现在保密措施很严，这些视频是我从公开资料里挑选的比较有代表性的。另外……"

尹文石伸手掏向口袋，三个人赫然发现尹文石的裤兜好似一个百宝囊，居然一口气掏出五块硬盘。

三个人怔怔地看着，虽然有些好奇，但似乎……也不算多啊……

硬盘嘛，又不是什么稀罕东西，一下子掏出五块硬盘其实也不多，君不见江伦为了超级妙系统一次性占用了一个排球场大小的房间，房间里排满了服务器。只不过如果硬盘里有关键性的信息就另当别论了。

尹文石在关键时刻为了自己抽资离开，但看他现在的表现似乎是悔过了，不过那种程度的伤害不是靠悔过就能被原谅的。

第29章

低 空 经 济

"这是什么？"姚智宸仍然冷着脸问。

"这是三年来我设计的智能无人机群控系统，目前虽然不完善，但在自主导航、智能避障、精准定位等方面已经能做到保证飞行安全。"

无人机群控系统？

已经 2018 年了，无人机也不是什么新概念，群控系统虽然先进，也并非突破，更不算技术革新，不过尹文石这算是交投名状？

三个人用狐疑的眼光看着他。

"我知道这技术对你们来说不算什么，假以时日你们也能搞出来，但我这里还有一份关于未来低空经济的规划，我已经针对国内经济发达地区做出了相应的计划，每条计划都有配套的技术手段做支撑。"

"低空经济？"柯静曼脱口而出。

"是的，使用无人机及相关设备可以涉足航拍、货物运输、环境监测等领域，随着无人机的续航能力、载荷能力、飞行稳定性得到提升，未来这将是一个新兴的经济领域，有着不可估量的价值。"

低空经济的概念令人眼前一亮，那不就是赛博朋克里的场面吗？

三个人交换了一下眼神。

尹文石好像生怕他们马上下定论一样，急忙补充道："低空经济的发展将对未来产生深远的影响。首先，低空经济将推动相关产业的发展。随着无人机技术的不断进步和应用领域的拓展，无人机制造业、无人机服务业等新兴产业将蓬勃发展。这些产业的发展将带动相关产业链的完善和创新能力的提升。其次，低空经济将促进就业和经济增长。随着低空经济的壮大，将创造更多的就业机会和经济增长点。无人机维修工、无人机运营管理等职业将逐渐成为热门职业之一。同时，低空经济的发展还将带动相关产业的投资和消费需求的增加，进一步推动经济增长。最后，低空经济还将对人们的生活方式产生积极影响。无人机配送、无人机救援等新兴服务模式将逐渐普及，为人们的生活带来更多便利和安全感。同时，低空旅游、空中摄影等新兴消费方式也将成为人们休闲娱乐的新选择。这一块没人做过，我们现在做正是时机。"

江伦好像想到了什么，呢喃自语道："万用人工智能……"

姚智宸用鼓励的目光看着江伦，说道："老三，有什么不用藏着掖着。"

江伦的目光变得清澈，说道："目前人工智能领域的研发都有些偏颇，唱歌的只会唱歌，跳舞的只会跳舞，智能机器人的训练也仅限于人类行为，没有哪个公司的产品可以做到万用，如果我们能在这个领域达成突破，那 ASS 公司将一跃成为行业的翘楚。"

尹文石连连点头："是啊是啊，我在美国看见了，他们把无人机蜂群用在军事领域，一次性的攻击就能达到大规模轰炸无法做到的精确打击的效果，如果我们把人工智能和各个领域结合起来……"

"好啦，说这么多让我们怎么相信你？"柯静曼跳出来质问道。

尹文石的精神一下子馁了，即使滴水湖畔凉爽的风也无法阻止他额头上的汗水渗出。好一会儿，他才狼狈地说道："我知道……我知道……我把这些交给你们，没指望你们原谅……我……"

尹文石颤巍巍地把五块硬盘交到柯静曼手中，低低地扭过头去。

"老二。"姚智宸用不容置疑的语气叫住了他。

这一句"老二"让尹文石仿佛遭到了雷击一样，整个身子怔在原地，大家能听见他如释重负的叹息声。

"你能做这些我很感谢，回来是不可能了。"

尹文石又仿佛遭到了重锤一般，身体不由自主地抖动了一下。

"不过……"

尹文石的眼睛一亮，连忙转身与姚智宸四目相对。

男人之间的眼神交换总是包括太多的信息，一时间，一晃眼，四个人仿佛不是站在滴水湖畔，而是回到了校园，回到了充满青春气息的湖边柳林，仿佛仍然在议论是否应该参加机器人世界杯竞赛。往事如风，一晃眼人到中年……

"ASS 公司没有你的位置，但我们打算新开发一个项目。"

姚智宸从柯静曼手里拿过硬盘，重新交回到尹文石手中："你做过那么多年的 CEO，该知道我是什么意思吧。"

尹文石的眼眸里不断地变幻着色彩，从迷茫懊悔到渐渐清澈透明。

江伦还在执迷尹文石的故事，他突然想到了另一种可能："从 RoboCup 到 DARPA'大挑战赛'反馈的情况看，目前所有机器人都因形体不同而需要设计不同的程序，目前还没有任何一款智能产品可以做到通用。"

江伦这奇思妙想令几个人目瞪口呆，一个超级妙系统还不够折腾，他又想出了什么？不过眼下这不是重点。

姚智宸紧盯着尹文石问："凭你一个故事我们就要原谅你？未免也太轻松了。"

尹文石长叹一口气，从口袋里拿出一支录音笔，说道："这是我在离开前与文森特的对话，可以间接证明这笔信贷是违法的。"

"……"

尹文石表现出这种诚意，让三个人对他转变了态度，紧接着他又补充了一句："我也会出庭做证。"

"你会坐牢的！"姚智宸的语气开始变成了关切。

"日日夜夜，我睡不着觉，为了一己私利，毁掉了我们的青春梦想，毁掉了充满希望的事业，这是我该付出的代价。"

三个人默默无言，姚智宸接过录音笔，在尹文石的肩上拍了拍。

"谢谢。"

"对不起……是我对不起你们……我……"尹文石朝着三个人深深地鞠了一躬。

尹文石离去的背影让人不忍去看，曾几何时，那个骄傲的学生会会长也低下了高傲的头颅，不过做错事的人终究要为自己的行为买单。

柯静曼看着尹文石远去的背影问道："你们都不打算看一看硬盘里的内容吗？"

姚智宸摇摇头："有些人，有些事，错过了就无法回头，单凭一份悔过之心是无法获得原谅的，这就要看他自己能不能通过考验了……"

柯静曼点点头，话锋一转，说道："不过那个低空经济的概念的确很了不起。"

姚智宸又摇摇头，说道："没那么简单，这不仅是技术问题，还包括一系列的经济环境和法律法规问题，只有在设备、控制、监管以及法律法规等方面不断完善的基础上，低空经济才能成为新的经济增长点。不过我必须承认，老二还是很有才的。"

老二？琢磨着姚智宸口气的变化，再想想这些年的他，姚大公子的心胸还真是让人佩服啊。

江伦和柯静曼的心里一阵唏嘘，久久，柯静曼吐出一句话："低空经济毕竟有了一种可能……"

柯静曼的话还没说完，江伦接过话题，说道："因此，我们得跟上，概念总是走在技术前面，需要积极关注、主动参与，不然就分享不到发展成果了。"

江伦的后背挨了重重一捶，险些没把他打跟跄。

"行啊，老三经过这一次后，眼光见长啊。"

"咳咳……我不是傻子……"江伦被拍得直咳。

"呵呵……"柯静曼的双颊露出绯红，她很久没有笑得这么开怀了。

第30章

遗留问题的庭审

尹文石的出现让事情有了转机，该做的都做了，能否摆脱过去留下的阴影？考验 ASS 新团队能力的时候到了。

在长明科技长期受到斯塔基管控的前提下，双方之间的遗留问题很多，其中最大的问题是尹文石签署的那份 750 万元的信用贷款，长期、高息。

正是这笔信贷把长明和追忆拖垮。

2018 年的智能机器人市场可以说是百家争鸣，就连最基础的扫地机器人也推出了不少型号，一些名词让业内人士也不得不转好几个弯才想明白到底是什么，诸如 360 度扫描、大户型建图、夜晚精准定位、继点续扫功能等概念让消费者在一次次升级中为其买单。

扫拖一体机器人是目前市场的主流，斯塔基的诉讼案中知识产权问题就涉及国内的大小三十余家公司，专利权的问题成了人工智能市场法律争端的焦点。在这个时代，每天都有新的东西出现，很难保证这种诉讼是公平的。

"发明专利授权数 11 件，实用新型专利数 1 件，外观设计专利数

5件……"当柯静曼念着这份诉状时，江伦眉头不展，所涉领域包括扫地机器人的模式控制、障碍识别、移动控制以及远程操控等，基本覆盖了扫地机器人的大部分技术或特征。过度专注技术的他没想到这里面的细节如此之多，一不小心就踩到雷池。

"这还是先前那一套嘛。"姚智宸不以为然。

长明科技与斯塔基的关系很难捋清，从最初接受资金开始，长明就一直在斯塔基的控制下发展，虽然获得了利润，但也彻底把自己绑死，加之前几年尹文石对追忆的一系列防备条款，这让长明科技在技术上与斯塔基根本不能脱钩，斯塔基撤离中国的决定一出，立即对市场上同类型企业做了全面的清算，长明经营得最早，自然首当其冲。

"过几天开庭江伦要去吗？"柯静曼玩味地说。

"当然要去，这里面的专利问题很多是可以撇清的，追忆科技在技术开发上起到了关键作用。"

"可是条款对我们很不利呀。"

"只有一个办法。"姚智宸叹着气说道，"看老二的态度了。"

"这……"柯静曼当然知道是什么意思。

"他真的会坐牢吗？"江伦叹息着说，眼神里流露出一丝不忍。

"我咨询过律师了，坐牢倒不会，但他得吃一番苦头了，就算我们表示谅解，罚金是不能免的了。"姚智宸晃着脑袋说。

"如果这算自作孽的话……"柯静曼喃喃地说，眼神里流露出后怕的神色。

几天后的庭审上，尹文石像泥雕木塑一样，在被告席上一言不发，对所有的指控都认下了，包括非法借贷、未经股东会同意私自做出的合作协议，以及在与斯塔基的合作中滥用权力的问题都供认不讳。

姚智宸以长明科技股份有限公司的名义对尹文石提起了刑事自诉，而尹文石也承担了全部的后果。

主体人的法律资格出现了问题，那么经其决定签署的一系列协议自然成了非法协议，这一手做得太狠，对尹文石个人而言将背上沉重的负担。

庭审出来，三个人一阵唏嘘。

"这样就能过关了吗？"柯静曼犹犹豫豫地说，她不像是非要问出答案的样子。

姚智宸摇摇头，一阵叹息然后大踏步径直走出了法院的大门。

江伦看着尹文石落寞的背影心中不忍。判决一旦下达，尹文石将被羁押，之后还会有一系列的调解，就算不会坐牢，他个人也算是彻底毁了，如果说一个人用这种方式进行悔过，那代价也是太沉重了。

"程新雪找过我了。"心情一直郁郁的柯静曼突然对江伦说。

"她找你做什么？"江伦感到诧异，先前两个人可是曾经有过那么一段神秘的同盟的。

"她想促成一件新的合作，找不到合适的主持人，打算让我过去主持。"柯静曼说。

"什么合作？"

看着柯静曼朝着尹文石离开的方向努了努嘴，江伦这才明白，她说的是智能低空运输这件事。运营的事江伦不懂，但有些纳闷柯静曼为什么要对他说这些。

"如果我过去做了新公司的总裁，那你就要独立承担 ASS 公司的项目开发了，你能做好吗？"

江伦更是不解："不是有姚老大吗？"

"他？"柯静曼笑了，"他是事了拂衣去，深藏身与名。呵呵，他潇洒着呢。"

"他要干吗？"

"老大说了，事情结束后他就去可可西里。"

"他不会打算当动物保护者吧？"江伦眼珠子差点儿没蹦出来。

"谁知道呢？我有的时候真羡慕他。"

"羡慕什么？"

"羡慕他敢说敢做，什么事情都拿得起放得下，不像你。"

"我……"江伦噎住了。

"好啦，又没说准，还有好多事要做呢，至少几年内他还走不了。"

"哦……"江伦低下头。

两人从法院出来后都不想坐车，这里人烟稀少，路两旁的风景很不错，就这样安静地并肩走着，有一搭没一搭地说话。

"你觉得程新雪怎么样？"柯静曼突然问。

"什么怎么样？"江伦从思绪里回过神。

"当然是她的人啦，到现在都单身呢。"

江伦回避着柯静曼的目光，低着头边走边说："你不是也单身嘛。"

"是啊，这么多年。"柯静曼有点儿感慨，"你呢，想过个人问题吗？"

"我？"江伦摇摇头。

"实在不行咱俩凑合一下得了，反正你也对我表白过，我也不嫌弃。"

"啊——"

江伦的耳朵像被轰了一下，整个脑袋都在嗡嗡作响，他不确定柯静曼是开玩笑还是认真的。

"算了，就当我开玩笑吧。"

柯静曼好像突然很开心的样子，居然一溜烟地蹦蹦跳跳把江伦落下好远。

"哎，你等等！"看着柯静曼欢快的样子，江伦好像定下了决心，他猛地拉开步子追了过去，没想到……

步子大了，江伦脚下一滑……

关于尹文石的判决下来了，他被判处缓刑一年，罚金 300 万，可以说违法所得算是没了，而且由他签署的一系列协议全部作废，与斯塔基的遗留问题已经明朗，后来又传出他离婚的消息，尹文石一步走错，代价是沉重的。

接下来的庭审基本不会出现意外，ASS 公司可以健康成长了。

第五部

超级人工智能

智

能

觉

醒

第31章

大鳄的嗅觉

　　临港集团是以园区开发、企业服务和产业投资为主业的市属大型国有企业集团，能在这里工作的人几乎都担得起高素质人才这个称号，程新雪是这个集团里的佼佼者。

　　"程主任早。"

　　程新雪走在明亮的办公楼走廊里，一路上有不少熟识的员工向她问好，她礼貌地回应着。

　　刚要走进自己的办公室，前台接待人员就匆匆跑过来说："程主任你总算来啦，有客人等你半个小时了。"

　　"咦？我不记得我有约客人呀，再说……什么客人来这么早？"

　　程新雪满腹狐疑，向考勤人员打了个招呼，示意自己已经到了，请她帮忙打卡，然后转向会客室走去。

　　"李英勋！"

　　程新雪几乎不敢相信自己的眼睛，李英勋这家伙没什么架子，但既不让人感到亲切，也并不令人反感，他的突然造访让程新雪大吃一惊，她当然清楚英宸基金在 ASS 公司初创时的那些动作，这家伙可是一只嗅觉敏感的鳄鱼，能吸引他注意的自然是铜臭味扎堆的地方，今天他的不请自来让程新雪的心差点儿没提到嗓子眼儿，跟这家伙打交道可得打起百分之二百的精神头儿，一不小心就会被他给算计了。

"不请自来，请多包涵。"

李英勋嘴上说着请多包涵，表情上可看不出一点儿不好意思的模样。两人简单地握过手后，程新雪问道："是什么风把您给吹来了呢？"

"当然是洋山深水港的保税区，最近有人找到我递上了一个项目，我很感兴趣，目前上海除了临港，没有哪里适合这个项目了。"

看着李英勋递上来的资料，程新雪谨慎地翻开，一边读一边不时地用余光观察李英勋的反应，那家伙的表现很淡然。

"这件事你应该先去找 ASS 公司谈呀，为什么先找到了我们？"

"因为你们这里率先实现了智能运输，只不过目前仅在跨海通道上实现，如果地面加空中立体运输呢？"

程新雪有点儿明白了，她手里拿着的正是智能空中运输项目的方案，目前有能力承担这项业务的公司不多，ASS 公司恰好有这个能力，而且这个项目还是尹文石策划的。李英勋插上这一脚，立足点可真准呐。

"可我实在不明白，凭您手里掌握的巨量资金，这种事情怎么也轮不到您亲自来做。"

李英勋并没有直接回答程新雪的问题，反而套起了近乎："我们怎么也算是老熟人了，当然和你的接触不多，至少没有比那四个人多，但当年我一直在注意你的表现。"

"注意我？"程新雪感到不可思议，她已非昔日那个孤独的小女孩儿了，但除了工作，她仍然习惯性地把自己藏在角落，工作十几年来，除了业绩突出之外，没有人会过多地关注她。

"是的，每个人都值得被关注，有些人在前台，有些人在后台，我知道 ASS 和 LFAIR 之间已经展开了深度合作，所以我投资了 ASS，我也知道没有临港集团，他们之间的合作是很难达成的，但我更知道，这里面最关键的人是你，没有你就没有他们。"

程新雪不以为然地说："没有我也会有其他人，我只是恰好在这中间扮演了一个角色罢了。"

李英勋没有反驳她，突然站起来在会客室里踱了几步后说："这个恰好，真的是有些太恰好了，当年长明科技成立的时候他们曾经邀请你加入，但你没有，如同当年参赛时一样，你默默地在背后支持着他们，所以这个恰好很难说有多少主观因素，但肯定不会少。你关注着长明，也关注着追忆，自然也会关注今天的 ASS，如果我说要打造中国第一条智能空中运输通道，你认为你会反对吗？"

程新雪的心动了一下，是的，她不会反对，而且会很积极，这个中有多少职责所在？又有多少个人因素？这个百分比可不好分配。她没想到李英勋这个人看问题这么准，可以说是直击人心。

"那我也问一个个人问题。"程新雪的心神也仅仅动了那么一下，马上拿出了自己睿智的一面。

"请便。"

"斯塔基全面撤离中国的事后问题该如何解决？"

李英勋听罢思考了那么几秒钟，然后说道："我已经离开斯塔基多年了，关于这家公司的遗留问题应该交由当地政府和法院解决，而不应该来问我。"

"我不是想要答案，而是想知道你的合作态度。"

合作态度？李英勋笑了，这个女人真是太精明了，精明到你根本想象不到生活中的她完全是另外一个人。所谓合作态度当然是在问究竟是打算长期操作还是捞一笔就走，留下一地空壳？这种情况在金融市场上不少见，李英勋对这种手段自然非常熟悉，而且他的美国人身份过于敏感，很难不让人产生这种联想。

现在李英勋虽然促成了英宸基金对 ASS 公司的投资案，但别忘了，长明和追忆的事情他也是背后推手之一，对这个家伙是不得不防啊。

李英勋笑了："以程主任的精明，应该知道市场的问题要交给市场解决吧，态度……"

程新雪笑而不语。

在目光对峙的僵持中，李英勋没有从这个女人身上看出任何退缩的意思，他退而求其次，摆了摆双手说："好吧，我现在就给你一个态度。斯塔基退出中国后，遗留下来的案件总数是 216 起，其中金额在 1000 万元以上的诉讼 8 起，1000 万元以下 500 万元以上的诉讼案件 36 起，其余是 500 万元以下的案件，所有遗留的资金问题由英宸基金公司管理，诉讼团队……"

"够了，我只想知道 ASS 公司有没有办法摆脱长明科技留下的问题。"

"当然，走法律程序完全没有问题。"

程新雪如释重负，站起来重新伸出手，两只手握在一起手中，程新雪看着李英勋的眼睛说："我们会尽快拿出一份合作框架，到时候会召开多方会议，具体拟定合作条款。"

"没问题。"李英勋微笑着说。

第32章

春 晚 效 应

ASS科技这座小蜂巢里，上百台服务器嗡鸣着，大量的编程人员不停地在电脑前忙碌着，只有江伦带着他的核心人员围着只会说一种谁也听不懂的语言的两台机器人发呆。

有了巨额投资后，江伦把三维模拟变成了实体，两台机器人完全拟人化。

"撒拉巴……""托米玛……"

托米玛抬起右臂，下达指令的撒拉巴居然一副很满意的样子点了点头。

"你的宝贝还是过于简单了。"柯静曼不知道什么时候走了进来，她来到技术人员中间，带着微笑对江伦说。

江伦摇摇头，一副勉为其难的样子："不是做不出全仿真形态，这不是为公司的资金流考虑嘛。"

"哟，咱们的首席技术执行官什么时候学会为资金流考虑啦？"

江伦弯下腰，把脸凑近仿真机器人，淡淡地说："从破产之后。"

柯静曼有些恼火："你是不是还怪我当时不坚决？"

"我从来没怪过你呀。"江伦站直身子，一脸坦诚地说道，"如果仅仅做理论用的话，那连这两台机器人都不需要，只不过最近它们有点儿……"

"怎么啦？"柯静曼看着两台呆头呆脑的机器人。

目前智能机器人领域已经发展出更为逼真的全仿真机器人，那种用硅胶仿生皮肤制作的机器人有的时候真的让人产生以假乱真的错觉，相比之下，这两台连人话都不会说的机器人实在看不出先进在哪里。

"撒拉巴和托米玛是妙妙衍生出的独立个体，按理说他们之间的沟通应该无阻才是，可哪怕最简单的一个动作他们也要相互学习很久，这不正常。"

"要我说就把他们放在云端，用不了一个月就什么都会了。"

"那可不行，就像两个小孩儿，明明可以发育成人，你非要把他交给狼养，长大了不是成狼孩儿了嘛。"

"呵呵。"柯静曼笑了，"没发现呀，你现在的嘴皮子可比以前厉害多了。"

"我说的是实情。"

说话间，江伦一直心不在焉，他好像突然发现了什么一样，重新坐回到电脑前，框架软件中监测画面发生了变化。江伦用红色代表撒拉巴，用蓝色代表托米玛，此时却有另一种颜色在生成。坐在电脑前目视着这种情况发生的江伦整个人都僵住了。

"你怎么啦？"

江伦仿佛没听见一般，呆滞的嘴巴越张越大，已经合不拢了。

"多个了颜色？"柯静曼弯下腰看了半天也没看出门道，但第三种颜色逐渐固定，那是——绿色。

"光学三原色嘛。"柯静曼还是云里雾里。

江伦骇然，紧接着他又一阵狂喜："成功啦！天呐！成功啦！"

江伦的欢呼声让整间实验里的人目瞪口呆，眼见着平时不苟言笑的技术总监上蹿下跳，他们简直不知道该如何应对。

"嘿嘿嘿！醒醒！"柯静曼上前一把揪住江伦的衣领，就差没抽上两嘴巴让他清醒了。

"成功了，他们中间突破障碍了。"

"你想说什么啊？"

"撒拉巴和托米玛就像一对孪生兄弟，现在的它们几乎是同时生长，但是因为成长路线不同，最终能变成什么形态不得而知，现在有了第三种个体生成了，他把撒拉巴和托米玛连在了一起，三者同源，又相对独立。分别代表了理性、感性和逻辑，第三个体的生成预示着他们的学习速度将呈几何倍数增长，用不了多久它们就能迸发出强大的力量，我决定把它们放到云端上去。"

"哎！你刚才不是还说……"

"刚才是刚才……"

江伦一头扎进了工作位，对柯静曼的叫喊充耳不闻了。

柯静曼摇头苦笑，被江伦这一搞，她连来这里的目的都没来得及说，默默地放下一份邀请函后微笑着走出了江伦的实验室。

"春晚！我们被邀请上春晚啦？"

江伦看到邀请函的时候下班时间都过两个多小时了，再三确认的确是春晚邀请函后，连江伦这种什么事都不放在心上的人也忍不住兴冲冲地找了过去。

姚智宸的老板台非常宽大，今天聚在这里的人也很全，大嫂秦妍端庄地坐在沙发上，柯静曼啜着茶水，三个人饶有兴致地看着江伦，似乎聚在这里就是为了等他。

"我说老三呀，你的反射弧可真够长的了，和你那俩……什么来着……有的一拼。"

"撒拉巴和托米玛，鬼知道什么意思。"柯静曼歪了歪嘴。

秦妍放下茶杯，微笑着说："我们申报的节目受到导演组的一致好评，说我们给他们带来了一场创新，展示了我国的科技实力，做到了文化与科技的融合，所以这么大的喜事当然要等咱们的首席技术执行官来一起分享了。"

江伦挠挠后脑勺，不好意思地笑笑："这和我也没什么太大的关系。"

"关系大了，没有你我们哪儿来的好产品呀。"姚智宸夸赞道。

江伦的脸更红了："机器人开发真的不是我在做。"

柯静曼扬了扬手说："别谦虚了，你可是技术总监，技术部门全归你管，你们部门出的成绩当然要算在你头上，说吧今晚请吃什么，我早就饿得不行了。"

"啊？"

姚智宸大笑："算了算了，让他准备我们到明天早上也吃不上了，我订好了包房，今晚我们一起庆祝一下。"

年底是最忙碌的时候，千家万户还没看到机器人的精彩表演，但业内已经坐不住了，与 ASS 公司洽谈合作项目的客户络绎不绝，不仅是秦妍与柯静曼忙得不可开交，连江伦也被各种问题困扰得不厌其烦，春晚效应的发酵真让人感到可怕。唯有姚智宸倒是一副置身事外的样子，躲起来乐呵呵地看热闹。

有能干的老婆和可靠的兄弟，自己当然选择享清福啦，这样的人生才有乐趣，没事儿浇浇花、养养鱼，下午再去撸个铁顺便泡个澡，可谓惬意至极。

然而偏巧有人不让他清闲。

距离过年还有不到一个星期的时间，一大清早，姚智宸正在享受他的春秋美梦，一阵急促的电话铃声响起。

"我在虹桥高铁站，还有二十分钟发车，你马上过来，我们一起出发。"

"……"

第33章

高 铁 对 话

"阿嚏——"

刚到火车站的姚智宸打了个喷嚏，他揉了揉鼻子自嘲道："今天这是怎么啦？到底多少人在想我？"

李英勋依旧是衣冠楚楚的样子，看到姚智宸到了约定地点后，他抬手看了看表说："还有五分钟，不错。"

"哎，我又不是你的员工，你凭什么命令我？再说，你在哪儿弄到我的身份证号？连车票都买好了，太过分了吧。"

李英勋面无表情地转身向站里走，边走边说："和斯塔基有过业务往来的人我们都会留原始资料的。"

姚智宸紧赶了几步，抗议般地大叫："嘿，你这是侵犯隐私你知道吗？"

李英勋没理他，从月台走上了车厢，高铁商务座的车厢非常宽敞漂亮，比坐飞机可舒服多了，乘坐高铁一路南下是一件非常惬意的事。

姚智宸一副被绑架的样子，委屈地坐在李英勋身边的位子，连声问："你说过有事路上说的，说吧，到底什么事这么急？"

"深圳有关低空经济的方案正在招商，难道你不感兴趣吗？"

姚智宸两眼一亮："这么快！"

处理完与斯塔基的遗留问题后，ASS公司的业务量成倍增长，涉足包括但不限于智能助理与智能家居、自动驾驶、金融服务和电子商务、智能制造与安全监控、娱乐与游戏等等领域，与追忆的架构差不多，江伦担任CEO，大管家依然是大嫂秦妍，至于柯静曼则去了新成立的飞域智控担任总经理，尹文石在协助策划和技术。只有姚智宸仍然习惯了当他的甩手掌柜，大家都忙得不可开交没空搭理他，偏偏李英勋不让他安静，不由分说地给他订了火车票。

"其实我们可以开车去的。"

不知怎的，在李英勋面前，姚智宸总像是低着一个头似的，这家伙的作风也与别人格格不入，低调、高效、出奇不易，谁也不知道他哪一天会突然想到什么主意。这不是直接把姚智宸从被窝里拉出来了嘛。

"我不喜欢浪费时间，更不喜欢浪费精力在路上。"

"那飞机呢？"

"安检太麻烦。"

"……"

姚智宸没话找话，但都被这家伙堵得死死的，他不甘心："我说你怎么也是一尊大财神爷，身边就算没个跟班的，包还是要拎一个吧。"

"没必要，现在是信息时代，我需要什么信息通过手机就能获得。"

"那你也没必要拉我去嘛，柯静曼才是这个项目的总负责人啊。"

"她那边忙得很，没时间。"

"那我也很忙啊。"姚智宸狡辩着。

"我听说你最近身体练得不错。"李英勋调侃着。

"你连这个都知道？"

"我关注每一个值得关注的人。"李英勋淡淡地说。

"这么说我还很重要喽。"姚智宸得意地挠挠后脑勺。

"当然，他们都听你的。"

"嘿嘿，这么说还真是。"

火车缓缓地开动，看着外面的风景越来越快地向后移动，李英勋的目光从外面的风景收了回来，突然一脸郑重地说："我们认识快二十年了吧？"

姚智宸仿佛突然想起这个问题似的，掰着手指头说："可不是，当年你可是大人物，当然现在也是，还真多亏你，不然哪有我们的今天。"

"那是你们自己努力的结果，我想说的不是这个。"

"那是什么？"

"认识这么久，我觉得我们之间可以说一些有深度的话题。"

"什么话题？"

"比如改革。"

"啊？"姚智宸没想到这家伙的话题还真有深度，一下子都要戳到肺管子了。

"这个国家改革开放已经四十年了，这种改革是很艰难的，尤其到了现在。"

"现在怎么啦？"

"现在已经进入了深水区……"

姚智宸也陷入了思考。

不错，改革开放四十年，全民都迈入小康了，但是改革的深水区一直是困扰步伐再迈大一点的难点领域，不是不想改，是阻力太大，深水区改革实际上是和自身的既得利益在作战，你让那些大企业让出自己的利益去扶持中小民企比登天还难，但如果不这样做，经济就失去活力，市场最怕垄断，垄断后的市面上只能看到质次价高的商品，这一点老百姓是最有体会的……

这些发生在身边的小事与高大上的人工智能产业貌似无关，但是身为实际经营者，姚智宸知道里面有多困难，大企业在掌握了资金和技术资源后向市场上的小企业挥起了屠刀，毫不留情地横扫着市场上的利润，把一些有特色有潜力的中小企业逼到二级市场，直至灭亡，过去的长明科技不就是这样倒下的吗？

总有一天自己这种屠龙者也会为了利益变成恶龙的。如果到了那一天，人工智能就算再发达也不过是历史的重复，自己还真能继续当闲云野鹤吗？

李英勋说的是长明这种中小企业的困境，其背后却涉及着大背景。只是有些事仍然令姚智宸感到诧异，看问题这么深的李英勋为什么要亲自跑一趟，去并不紧要的招商会呢？

"地球在变小，临港虽好也不能独立存在，我们看到的都是案头的报告，如果没有切肤的体验是抓不住问题的实质的，我们能在低空经济中看到商机，同理别人没有理由看不到。你看着吧，这次招商会一定能吸引来强大的竞争对手，他们就像闻到了血腥味的鲨鱼，小心一口被他们吞掉。"

"你会害怕这些？"姚智宸狐疑地说。

"当然不害怕，但我不打无准备之仗，十则围之，五则攻之，倍则分之。"

"我的天呐，你还是个美国人吗？这二十年都学了些什么东西啊？"

"我想融入这个国家就需要用这个国家的思维去看问题，这点道理我还是懂的。为了这个项目，我已经与登临科技、映驰科技、黑芝麻智能、思岚科技、玻森数据等一批新兴人工智能企业签订了一系列的投资协议，当然还包括你们的 ASS，我希望在未来的这个大棋盘里，你们 ASS 能够担负起核心的角色。"

"天呐，你想玩死我们……"

李英勋没料到姚智宸会说这种话，足足愣了五秒，突然忍俊不禁地笑了，然后乐呵呵地把头转向外面。

高铁以 350 千米／小时的时速高速向南国驶去，那里将开辟一片新天地。

第34章

逆 向 进 化

ASS 公司的遗留问题解决以后，江伦终于可以安心投入到自己心心念的研究当中了，一切似乎都在往健康的轨道走，然而你永远不知道意外什么时候到来。

超级妙系统的成长，最初可以看成是 L 和 W 两条线，自从 H 生成加入系统中以后，就彻底改变了成长路线，这是一个由平面转向立体的关系。

原本互为镜像的平行线被连接成了双螺旋，这种不加入人工干预的自然成长方式已经呈现出生命的形态，江伦称之为智能基因。把智能基因放在云端就好比把一段 DNA 植入胚胎一样，两个看似毫不相关的领域，就这么奇妙地产生连接，所以科幻对人工智能的想象并非空穴来风。

"不见了！"

当年的何宏小朋友早已成长为稳重的小伙子了，现在他是江伦最得力的助手，从来没见过他在公司惊慌失措地大喊大叫，江伦一下子脑袋被震得"嗡嗡"的。

"什么不见了？"

看着何宏可怜无助的眼神，像极了一位失去孩子的父亲，看来的确是受到了严重的刺激，连说话都语无伦次了。

"不见了……它不见了……它们都不见了……"

江伦好像意识到了问题的严重性，连忙起身往智能实验室跑。

在那里，撒拉巴和托米玛两台机器人还在，却没有了动静，平时哪怕它们之间不交流也会给人一种有生命的感觉，但是现在它们仿佛被抽去了灵魂一般，呆呆的、死死的，一动也不动。

"这是怎么回事？"

何宏终于恢复了理智，他连吐了几口气说："我也不知道，但突然间 H 就把它们给吞了。"

"H？"江伦的嘴都歪了，他尚且不自知，这个结果是谁都没料到的，监视屏幕上呈现一片白色。

"为什么会是白色？"江伦喃喃自语，紧接着他好像又想到了什么，"对了，在光学三原色中三色混合是呈现白色的。"

"什么意思？"何宏咧着嘴。

何宏的叫声吸引来了公司的其他人，几名相关技术人员也陆续跟了进来，他们一起开始对这一不可思议的现象进行分析。

理论上两条线在 H 的牵引下已经呈现出 DNA 的结构，但突然间就像出现了一把大刷子一样，把一切都抹平了。人工智能学里没有这个现象，生物学里没有这个现象，智力探索计划也没听说过有此类现象，这……

"匪夷所思。"

"也许它跑掉了？"

江伦呆呆地坐下，有那么一阵，他的心如死灰一般。仿佛多年的研究成果毁于一旦，可何宏接下来的一句话又让他燃起了希望。

"也许它只是自我休眠了。"

"你是说……睡觉？"

如果换作一个普通人，听到这样的论调肯定会笑掉大牙的，人工智能还会睡觉？那不是天方夜谭嘛，然而这句话却给了江伦灵感。

"不一定是睡觉，也许只是放弃了大脑。"

"放弃……"

何宏和其他技术人员都不知道该如何接这句话。

"我们是用仿生原理培养的妙妙，这样的智能其成长并非由人类操控，它体现出自我进化的一面，那么为什么不能进化成人类不能理解的样子呢？"

说得好像很有道理，但这个世界上有放弃大脑的动物吗？

大家立即开始搜索，结果还真找到了——海鞘。

海鞘是被囊动物亚门海鞘纲的无脊椎动物，全世界总共有1250多种，它们的体形微小，全身五颜六色，形似囊袋。虽说是无脊椎动物，但海鞘的幼体是有一根纤细的脊椎的，幼体经过几小时的自由生活后，就用身体前端的附着突起粘着在其他物体上，开始其变态。在变态过程中，海鞘幼体的尾连同内部的脊索和尾肌逐渐萎缩，并被吸收而消失，神经管及感觉器官也退化而残存为一个神经节。海鞘经过变态，失去了一些重要的构造，形体变得更为简单，这种变态称为逆行变态。生物学上的分析结果是，这种变态是为了应对稀缺的营养，众所周知大脑是很消耗能量的，而海鞘幼体的脊椎就相当于它的大脑。舍弃了脊椎的海鞘使自己保持在很低的进化水平上，这对其有着很重要的作用，使得这种弱小的生物得以繁衍。

"这是它自己的选择。"

江伦一直很关心，放在云端上的妙妙会发生什么样的变化，这一结果出乎所有人的意料。本以为丰富的云端知识会成为妙妙成长的营养，没想到它选择了逆向进化。

"我们要不要给它加上基因锁？"何宏问。

江伦摇摇头，知道自己的宝贝还活着，他的神经放松了下来，伸手要了一杯咖啡，一边喝着一边思考。

"我们等着吧，它自己会给我们一个答案的。"

随着人工智能的发展，伴随着人工智能的争论从来没有停止过。历史上首个获得公民身份的机器人索菲亚曾扬言要毁灭人类，当然，开发者只不过把这当成一个好玩的笑话听，因为人工智能再怎么强大，总是掌握在人类手中的，妙妙的逆向进化却开始让这些开发者们感到不安。

人工智能的出现是为了替代人类不喜欢的劳动，好让人类能悠闲地下棋、写诗、绘画和唱歌……然而现在的人工智能却偏偏把下棋、写诗、绘画和唱歌的工作给顶替了……

历史真是玄学，出发点和结局让人意料不到啊。

超级妙系统的逆向进化让研发者们百思不得其解，那么它究竟会给未来带来什么呢？

第35章

繁　殖

原本为妙系统打造的 3 号机器人全无了用处，三个机器人相互对立，却像死了一般全无声息。

技术人员虽然着急，然而全然未知的情况让所有人都束手无策。好在，妙系统这种东西暂时不需要投入过多精力。搬迁到临港之后，一个新项目上马了，那就是现在比较流行的智慧出行。

智慧出行离不开物联网，这虽然已经不是什么新概念，然而要做到并不容易，还有很多困难需要解决，诸如物联网的设备连接能力、数据传输速度和网络安全，大数据的快速处理和分析能力等。社会与管理仍然存在当下不可克服的问题，然而智慧出行却是未来城市发展的必由之路，目前很多公司都在智慧出行项目上投入了大量的资金和精力，ASS 公司也不例外。

临港的道路就是为了智慧出行设计的，整片区域都可以作为智能汽车的实验基地，时不时地就会看见架设着各种设备的新能源汽车驶过，这里有先进的法律法规来保障工作团队的合法权利。当然，发生意外还是要赔的，江伦正在解决这样一起"事故"。

"撞了？"

尹文石已经到了现场，见到江伦他首先有点儿不自然，随后把他引到现场。

实验场地里，一辆改装过的新能源汽车相貌凄惨地撞在一个雪白的集装箱卡车侧面，幸亏实验时行驶速度不算快，车头损毁不严重，但看现场的技术人员一个个焦头烂额的模样。

尹文石摇摇头："5G普及以后，网络与通信系统故障率明显降低了，然而还是出现了这种情况。"

"又是白色。"江伦挠挠头，"摄像头和传感器对白色物体视而不见已经不是新闻了，应该优化感知系统。"

"优化过了，效果不明显。"

"可以尝试毫米波雷达、激光雷达与摄像头的结合，以增加识别白色物体的准确性和可靠性。"江伦不假思索地说。

"那样的话成本得上涨一大截。"

"如果不这样的话，智能汽车根本就不具备上路资格。"

"我觉得我们是不是应该先把重点放在其他交通工具上，比如城市轨道交通和共享汽车？"

江伦看了一眼尹文石，是的，他归队了，但现在只担任技术总监，公司的管理是不会再交给他了，不过他毕竟是执掌长明科技十几年的CEO，对市场的预判和敏感是有的，这一点上江伦没法和他相比，但这个项目是与东南交大和LFAIR联合研发的重点项目，已经获得了政府的扶持金，必须有一个结果，至少是暂时的结果。

尹文石见江伦不语，立即明白了他的意思，他长舒一口气说："这样的话，我们只能增加成本了。"

"会长……"江伦突然改变了称呼，他凝重地说，"我知道你肯定有想法，不管怎么说你不能再瞻前顾后了，用你自己的办法解决吧。"

尹文石听出了弦外之音，有些感动地点点头。这时，江伦的电话响了，当江伦接起电话时，整个人呆住了，几秒钟后，他以不可思议的语气惊呼："什么？你说它在繁殖？"

监视器的屏幕已经被一大堆无法理解的乱码占领了，三台机器人毫无规律地做着不能理解的动作，江伦丝毫不怀疑如果给它们安上脚，那么此时肯定满地乱跑了，面对这种情况，他这个发明者也呆若木鸡。

"繁殖出什么了？"尹文石处理完"事故"后，也赶到了实验中心，他和江伦一样完全不能理解这个东西在干什么。

监视器上出现了不可思议的一幕，原本代表 L 和 W 的两个区块颜色发生了变化，虽然变成了无数个小碎块，但数量在成倍增长，也就是一开始形容的那样——繁殖。

新生成数据都是有一定逻辑的，但妙系统的反常让开发者们不知所措。

"我们必须找到原因。"江伦立即坐在电脑前，开始人工排查，然而面对千千万万的数据，人力显然是太慢了。

"我们也来帮忙。"何宏如今已是团队的带头人，他话音刚落下就和同事们坐到工位上开始忙碌……

时间一分一秒过去了，姚智宸不知道什么时候走进了这里，他的身后跟着柯静曼，抬眼望着挂钟上已经走向零点的时针，姚智宸轻轻叹了一口气。

这个系统已经快把江伦折磨疯了，真不知道什么时候是个头。

"找到原因了，是数据量不够，我们的监控器已经无法监控到妙的状态了。"何宏伸了个懒腰报告道，一回头看见了姚智宸，他连忙小声问好。

江伦揉着眼睛，从工位上站起来，看着一直守着的尹文石，又看了看新进来的姚智宸和柯静曼，他连招呼都没打就说："再投500万吧。"

"……"

姚智宸不停地眨着双眼，又看向柯静曼，她连连摇头。

"不行不行，现在我们公司同时开发的项目太多，到处都要用钱，我挤不出这么多。"

"那能给多少？"江伦毫不在意这些，这不禁让人想到当初的追忆科技，几个人皱起了眉头。

姚智宸见场面比较尴尬，出来打圆场道："先别聊这个了，上海智能创新博览会马上召开了，我们刚接到通知，地点就在临港，你得过来和我们研究一下行程安排，这是显示我们ASS公司实力的时候，另外还有多项技术问题需要我们马上解决。"

江伦有点儿清醒了，妙妙虽然是他的宝贝，但这是一个系统工程，需要往里扔多少钱还是个未知数，眼下公司刚刚走出困境，实现盈利才是首要目标，恋恋不舍地看了一眼监视屏幕，他不甘地说："至少再给我批20台服务器。"

"……"

姚智宸无语，然而他还没开口，何宏忽然惊叫起来："你们看啊！"

就在几个人聊天的一瞬间，所有颜色再次归零，屏幕又呈现一片白色，原本爆棚的数据量消失了，就像什么都没发生过一样。

看着再一次投入工作的江伦，姚智宸苦笑地摇着头，朝着几个人招了招手，默默地退出了实验中心。

第 36 章

还是生物科技

当 AI 成为热词，国内外围绕 AI 展开的博览会、智能峰会、科技盛典层出不穷。从过去的纯学术型转向学术商业融合型，技术的进步给时代带来的变化是显而易见的，早期入局的企业已经开始赢得丰厚的回报。

当然，如果有江伦在的话，那么他的论调就语出惊人了。

"人工智能（AI）已经逐渐渗透到我们生活的方方面面。然而，当我们谈论超级人工智能（ASI）时，我们指的是一种具备远超人类智能水平的技术实体。这种技术不仅具备强大的学习能力，还能在复杂环境中进行自我优化和决策。与传统人工智能相比，超级人工智能能够在更广泛的领域内进行高效学习和决策，为人类解决日益复杂的问题并提供有力支持。目前本公司正在对一种超级人工智能进行培养，之所以进行培养，是因为在开发过程中，该智能系统显示出与传统人工智能截然不同的生物属性，具有强大的自适应性和进化能力，类似于生物在自然环境中的进化，虽然目前的研究尚未得出结论，但其呈现出的特性表明，该系统可能在某些特殊条件下，重新构建自己的核心代码和算法，实现'再生'与'繁衍'。"

当江伦在博览会上提出这个论调时，在场的专家学者和项目负责人虽然极有涵养地没露出嘲讽的表情，但一阵阵的哂笑已经让他们的轻蔑溢于言表，这是在聊科学还是科幻？本次博览会是在多家单位联合支持下主办的，各级单位和企业都给予了高度的关注和资金支持。与会的专家也都是国际顶尖学者，可是一听到什么强人工智能，或者是自我进化人工智能，抑或者是人工智能有生命这种论调，也难为这些业内精英了，他们就是搞这个的，人工智能说起来高大上，普通百姓可能会把这种事物说得有多么神秘，但是在这些专家眼里仍然是一项技术，一项可以被解释，也可以通过一些方法看见的技术。

技术奇点？有生命的东西？

这种哗众取宠的论调拿来骗骗什么都不懂的人还行，在他们面前摆这个？还不如说点儿实在的。

终于台下站起了一个人，这个人大家还很熟悉，正是 LFAIR 的类脑神经网络的开发者——夏常。人们把目光落在这位首席工程师身上。夏常这个人同样是一位技术狂人，谈论起技术他不输于任何一个人。

"我们都是实际的人，所以让我们双方都实际一些，目前的人工智能还没有从科幻中走出来，可实现的手段也受限于神经网络，目前我正在主持开发的类脑 AI 项目就是以神经网络为基础进行的挑战性开发。这两年出了一些成果，但是并不明显，我们用数学方法模拟大脑实验的最新进展是搭建出了由 7000 万个脉冲神经组成的'智脑'，然后它开始加速发育，现在已经有 200 亿个神经元。先前我了解贵方项目的时候也认为你们团队的研究路子应该和我们的方向很接近，但从刚才的发言上看，你们似乎走入了极端，生物属性只能是比喻，而不可能是真实的，所以我想问江总，刚才你是不是在开玩笑？"

类脑 AI 是当下非常热门的项目,世界各地的 AI 研究机构都热衷于这个项目的研究,夏常作为该领域的佼佼者,他的发言是有较强代表性的,台下一些熟悉江伦的人都对他投来了爱莫能助的目光,毕竟刚才他的话太危言耸听了。

程新雪有些不安,这次会议不是私下讨论,她生怕两位技术狂在这里辩论起来,惹来不必要的麻烦也就算了,如果一不小心把保密内容都抖出来可就麻烦了。她连忙抢过主持人的话筒说道:"我认为人类目前还没有制造生命的能力,我更倾向于江伦的用词是一种比喻,如我们常用的神经网络和神经元,当然不能用人类神经来解释,因为本次会议时间有限,技术细节就不在这里公开讨论了。今天的会议我们请来了东南交通大学计算机学院院长李嘉泽教授,让我们一起来听听他的发言。"

李嘉泽教授带队参加 RoboCup 时还是一位年轻导师,如今也已经是满头白发了,真让人感慨时光匆匆啊。只见李嘉泽迈着稳健的步子走上主席台,接过话筒后朝下面露出微笑,然后对着麦克风说道:"我们是学者,所以要尊重事实,很多科学成果就是从人类的奇思妙想中成为现实的,人工智能仅仅是工具还是有生命,这个问题留待以后来论证,今天我在这里讲讲未来人工智能技术的发展方向以及会带来哪些商业契机……"

李嘉泽的演讲很精彩,也非常符合本届博览会的主题,他从人工智能给社会带来的变化,深入浅出地讲解了未来人工智能的发展方向,尤其是重点讲解了智慧出行。

"在这个日新月异的科技时代,临港作为一个前沿的区域,已经率先迈入了智慧出行的崭新阶段。在这里,智慧科技不再是遥不可及的概念,而是深入到了我们出行的方方面面。当我们谈论临港的智慧出行,不得不提的是大数据技术的广泛应用。通过高效的数据收集和分析系统，我们能够实时掌握交通流量、路况等信息，这为出行者提供了极大的便利。比如，你可以通过手机应用随时查看公交车的到站时间，合理安排出行计划，避免在寒风中等车的尴尬。此外，在临港，多元化的出行方式已经成为现实。公交、地铁、共享单车、共享汽车……你可以根据自己的需求选择合适的出行方式。而且，这一切都可以通过一部手机轻松搞定，让出行变得简单而高效……"

台上的讲解生动精彩，台下的江伦和夏常对视着，摆出一副要与对方一决高下的阵势……

第37章

超 级 乱 码

图灵测试——测试者与被测试者（一个人和一台机器）隔开的情况下，通过一些装置（如键盘）向被测试者随意提问，由此来论证机器是否会思考。

机器是否会思考是一个哲学问题，而非人工智能的开发者关心的问题，就好比上赛场的是运动员，但运动员基本不会研究体育对人类历史进程有什么影响。

大多数开发者可以比作运动员，他们更加务实，在开发过程中考虑的是这项技术能否被应用，而非该技术有没有思想。

图灵测试的反对者用"中文房间"这项实验来论证机器是不会思考的，但是论证人工智能是否有生命？这可不是从哲学角度去探讨问题。

首先要从生命的定义开始，地球上的生命定义为具有能量代谢功能，能回应刺激及进行繁殖的开放性系统。

那么妙妙属于这种智能系统吗？

原本该智能完全为空白，随后分裂出 L 和 W 两个个体，两者间相互学习，通过虚拟出来的 3D 形象可以像观察人一样观察他们的行为。随后两者相互学习，自行衍生出了动作，并在动作的基础上进一步衍生出了语言，为了应对越来越复杂的演变，它们进行了休眠，但是这种休眠并非是沉睡或是静止不动，而是在云端上汲取营养，这和一般的人工智能培养并没有两样，但之后发生了匪夷所思的变化。两者发生了融合，无论是监视器上的信息还是机器人实体都表明该系统变成了一片空白，然而当它再次醒过来时，H 诞生了。

这就好比由平面变成了立体，三个个体间又进行了一次融合，之后产生了繁殖效应，除了 H 之外，L 和 W 均分裂出无数个体，最重要的是，它并非像捏橡皮泥人一样变形，而是像草履虫一样，由单个分裂成两个，再由两个分裂成无数个，这些个体像卵一样保持着一个相对稳定的状态不动，随着 H 本体的生长，卵的数量在增加，这种行为可以定义为——繁殖。

作为系统，又会繁殖，本身已经符合生命的定义，下一步论证只需要查看其对外界世界是否有反应即可。

"机械身体是用来测试它对 1.0 世界的反应，目前来看人形并不是它的最佳形态，而且它们的语言也并非人类的语言。"江伦说。

程新雪虽然已经很久没工作在技术一线，但眼下的场景依然让她熟悉。响个不停的键盘声，袅袅升腾的咖啡热气，沉静而认真的人，像当年一起改足球机器人程序时一样。

那个时候她是他们中的一员，如今呢？

大会刚结束，夏常就迫不及待地要论证江伦的论调，这个主动在大会上站出来表示反对的技术狂自然不能放过任何一点瑕疵。当他看到监测系统显示出的那些乱码时，一时间也是目瞪口呆，这种看不懂的乱码看似毫无规律可循，实则真的如江伦一开始所说的那样，呈现了某种生物属性。

然而？它是什么？

尹文石也来了，他并非一个人，身边跟着路扬，还有一个重量级人物李英勋。尹文石本想叫醒沉浸在工作中的几个人，但李英勋制止了他。

路扬也很好奇他们到底鼓捣出了什么，但人工智能的世界没那么直观。

"最初的妙妙只做了两个接近于人的动作，之后就再也不走拟人路线了。"江伦对夏常说。

"那大概是因为你们给它们设计了人形的结构，于是它们的行为也就被限定在了人形，但是休眠之后，它们的自我重塑形态发生了很大的变化，我们完全不知道它们是怎么打算的。"夏常是类脑 AI 的一线开发者，他的理解速度快于常人，很快看出了些门道。

"如果它们已经有了想法，那不正好证明了它们是有生命的嘛。"江伦说道。

夏常摇摇头，一筹莫展地说道："这只是个推论，就凭这堆乱码拿到台面上肯定被人驳斥，必须有实际证据才行。"

江伦思索了一会儿，叹息着摇摇头："恐怕没办法，它自己不成型，我们是无法通过外部手段论证的。"

"也不是完全不可以，我们可以重建一套神经拟态系统，使用 Intel 4（7nm）制程的英特尔 Loihi 2 处理器，这样就可以支持更多的神经元，通过这样的方式建设的深度神经网络应该可以监测到你这个宝贝在做什么。"

江伦一筹莫展地摊了摊手："我记得没错的话，你说的设备还在实验室里，我们国家没有啊，何况我们资金也不足。"

对不熟悉的领域，夏常也是摇摇头。

程新雪突然想起了一件事，随后她出了一个主意："要不我们试试找援军？"

"援军，这事儿怕只能找美国人帮忙了。"江伦说。

"美国人？"程新雪一激灵，兴奋地说道，"还真有！"

李英勋愣了一下，正琢磨着是不是在说自己，但看他们认真的样子，不像是觉察到自己来了。

"你还记得优莉吗？这次博览会她也带着实验室里的人来了，我可以和她初步商谈一下。"程新雪说。

"搞国际合作？"江伦看了看夏常。

夏常无所谓地摇摇头说："没什么，我们还和麻省理工学院合作呢。"

江伦似乎没有理由反对，只是他又提到了钱的问题。

"我可以帮你们考虑钱的问题。"一直在后面偷听的李英勋终于坐不住了。

"咦？谁让你们进来的？这里是实验室……"

江伦表示反对时，柯静曼进来了，她见到几个人已经开始攀谈，插了一句话说："斯坦福大学的专家组来了，你们猜带头的是谁？"

"优莉。"江伦没好气地瞥了一眼说。

"咦？你们都知道啦？那我们见不见？"

江伦吐了吐气，说道："我们这儿还有一位大金主呢，我很想问问他打的是什么主意。"

李英勋双手一摊，然后耸了耸肩说："我能有什么主意？自然是投资赚钱啦。"

程新雪笑了笑，礼貌地和李英勋握了握手，然后扭过头对江伦说："你还真是吉人自有天相，现在你的要件齐全了，就看今后怎么发挥了。"

类脑 AI 是目前全球人工智能的顶尖项目，身为顶尖的学府，斯坦福大学自然不能缺席。当年的学生优莉如今也是成熟的专家了，当初在美国虽然仅有一面之缘，但如今也算老朋友了。

"感谢你的照顾啊，这些年我们中国在人工智能领域的发展非常迅速，中美之间虽然有冲突，但合作始终是主流，我相信你们与我们的合作不会吃亏，而且还有新的发现。"

姚智宸、江伦、柯静曼、尹文石，这些当年看到机器人酒店惊诧不已的年轻人如今也是这个领域的佼佼者了，而优莉也已经是首席设计师了，时隔多年的相见让几个人都生出一份亲切感。

优莉的美目微眯，热情地伸出手："很高兴再次见到你们，我相信我们的合作会让这个世界更加美好的。"

第38章

大 临 港

ASS 公司初创过渡后，秦妍卸去了所有职务，竞选为中国自动化协会机器人竞赛工作委员会副秘书长，主要负责 RoboCup 中国赛的筹备与组织。

秦妍款款走来时，在场的人都为之瞩目。

程新雪愣了一下，最先反应过来迎了上去："秦妍姐，什么风把你给吹来了？"

更尴尬的是姚智宸，自己这个当老公的居然毫不知情，这也太……

"你不是正在筹备本年度的 RoboCup 中国赛嘛，怎么……"

秦妍面带微笑，说出的话却有一股不容置疑的味道："我就是因为工作才来研究院的，此次研究院的联动单位对本届 RoboCup 给予了大力支持。"

说着，秦妍向于时走去，两位女士竟然亲密无间地拥抱了一下。

"哎呀，秦妍姐大驾光临，怎么也不说一声？我们好派人去接。"于时说道。

"原来你们早就认识……"姚智宸惊讶得嘴巴都合不拢了。

秦妍轻描淡写地说："那个啥，知道你们在这儿就过来看看大家，你们该忙啥忙啥，别被我给耽误了，哦，顺便借于时用一下。"

这话她是对夏常说的。

夏常哪会表示反对，不过如果把于时借走，那么自己这边就更加势单力孤了。

今天注定是热闹的一天，夏常正有些迷茫，门又被推开了，一个高大的男子走了进来，夏常像见到亲人一般，感动得快要哭了。

"领导，你可算来了。"夏常站起身，也不管对方愿不愿意，紧紧地握住来人的双手使劲甩了甩。

路扬一点儿也不感到意外，姚智宸可不好对付，尤其是夏常这种技术男，虽说合作的大方向已定，但是落在细节上并不容易。

"今天的人很齐嘛。"路扬扫视了一眼在场诸人，然后摆了摆手说："不好意思，今天的行程是我策划的，具体由新雪协调，你们应该感谢她，上百家单位和研究机构，协调工作可不好做。"

既然提到自己这边，程新雪也当仁不让地接过话头。

"过去我们也是这么做的，很多企业一开始也不理解我们，既然是为了服务企业，为什么还要有那些流程和框架，我们带他们深入了解临港之后，他们全都懂了，这里就像洋山深水港一样，是改革的深水区，很多领域的实操与全国其他地方不一样，很多企业也像如今的你们一样，对临港的印象改观之后马上对我们的工作表示出了高度的理解，后面的沟通也顺畅多了。"

说着，程新雪的目光落在姚智宸身上，她又张口说道："当然我也不指望去了一次海上就能改变什么，因为姚公子毕竟还没亲眼所见，没亲耳聆听，我们今天只是一个开始，未来的一个星期我要让你们见识到什么才是真正的临港。"

程新雪说这话的时候不仅没有一般年轻姑娘的羞涩，而且也没有普通职员脸上那种训练过的机械表情，而是由内到外升腾起来的无限自信，看得出这股自信不是源于她自身，而是她背后的临港。

参与者众多，按理说集合地至少也得有十几辆大巴，然而早晨8点，程新雪带领着一干工作人员像郊游般穿着休闲的运动装，在公交车站等待着大家的到来，虽然还不是阳光最炙热的时候，但是爱美的女士依旧撑起了遮阳伞。

外国友人优莉眨着眼睛，露出一丝狡黠的微笑，大概猜到下一个节目是什么了。

昨日的相聚气氛很好，优莉的专家组和 ASS 公司的研发团队充分交流了意见。老实说优莉也算见多识广了，斯坦福从 21 世纪初就开始了机器人训练工作，然而江伦的生物科技概念还是令她大吃一惊，至于细节，她很知趣地没有问，大家都是同行，谁的本事有多大就算做不到知根知底，也能猜个大概。这种交流根本不能指望对方把技术细节都披露给你，但哪怕是只看见一个方向就能带来很多契机。

"临港的智慧交通闻名天下，这么久了还没体验过呢。"姚智宸心情很好，自从与李英勋同行去深圳后，他对公司事务的关心多了许多。

"嗯！今天的天气也很好。"柯静曼一边用手遮阳一边说。

越来越多的人集合在一起，程新雪通过耳机上的话筒向大家说道："临港始终将绿色作为发展的底色，打造智慧生态宜居区是未来发展的主旋律，居民步行不超过 500 米就能享受绿地，PM2.5 值常年在 30 以下，所以我们才能享受如此清新的空气。"

一辆新能源汽车姗姗来迟，从外观上看不过是一台普通的 SUV，然而驾驶位上却没有人。对智能驾驶大家已经见怪不怪，然而这台国产新能源车却吸引了在场专家的兴趣。有人窃窃私语打听价格，听到每台不过十几万人民币时，大家纷纷露出惊讶的目光。

路扬从副驾驶位走出来，当年的阳光大男孩风采依旧，他点点头说了声抱歉，紧接着用手机发送了信息。

"由上海电气集团智能交通科技有限公司参与建设的上海临港中运量 2 号线进入试运营阶段，标志着全国第二条搭载 iDRT 系统的中运量数字轨道线路即将开通运营。在 T2 线建设过程中，上海电气提供了数字轨道系统、运行控制和管理、综合通信等系统设备和一体化解决方案。该条线路以数字化磁标签为虚拟轨道，以氢动力胶轮电车为车辆载体，更具轨道化、数字化、智能化等运营控制优势；同时，装载在车辆底部的传感器和车辆两端的中央控制器，综合运用了精准感知技术、协调控制算法、智能运管技术，可实现以自动循迹、辅助运行、安全防护为主要功能的车辆运行控制管理，进而实现高级辅助驾驶，控制车辆沿数字化轨道精准运行。T2 线运营里程全长 8.7 千米，起于滴水湖站，终于水华路站，沿途设置 9 组车站，其中新建 6 组 10 座车站。T2 线运营后，将与 T1 线形成多交路共线运营，可实现多站换乘，并与上海电气此前参与建设的 T1 线形成了多线路组网运营，与临港新片区的 6 条中运量线路连成环形，成为临港主要的公交动脉。未来，上海电气也将为更多城市的中低运量交通提供智能化系统的整体解决方案，为城市公共交通的建设和发展贡献力量。"路扬接过程新雪的工作，开始向专家组介绍。

程新雪补充说道："伴随着不断提速的开放步伐，临港新片区具有国际市场竞争力的开放型产业体系逐渐形成，'试验田'逐渐成长为一片'高产田'。走进特斯拉上海超级工厂，伴随着翻飞的机械臂，平均不到 40 秒就能下线一台整车，这里也成为特斯拉全球效率最高的工厂之一；集成电路产业形成全产业链生态体系，重点项目相继投产；滴水湖 AI 创新港加快建设，宁德时代、中科创达等一批重点企业相继入驻。深入了解临港的第一站就从智慧交通开始。"

第39章

智 慧 出 行

"惯性，当你摸清人类与生俱来的这种惯性的时候，再与人打交道就轻松多了，质疑这种惯性的人叫思想者。"

说完这番话，李英勋微笑着抿了一口咖啡盯着路扬的表情。

那意思是——我们是同一类人，我们都是思想者。

坐在酒店的花园天台上，向东侧望去就是大海，大海并非那么一望无垠，至少有一条似乎没有尽头的大桥横亘在那里。

今天天气晴朗，是个适合观风景的天气。

听完李英勋的话，路扬端起咖啡杯，慢慢地放在嘴边，眼睛却眺望着远方的桥。

李英勋也把目光放在大桥上，感慨着说："如果不看地图，这样一座桥谁知道它会通往何方呢？"

"它通往洋山深水港，那里的风景很不错。"

"我更喜欢在路上看风景，如果在这座桥上面驰车，感觉一定很棒。"

路扬看了看表，遗憾地说："时间有点晚了，不过还好，以后我们会经常有时间在一起，到时候我开车，让你看个够。"

李英勋打断他说："我能问一个问题吗？"

"你说。"

"贵国的官员我也打过交道，但是没有一个像你这样，你真的认为自己适合这个体制吗？"

路扬思索着，抿了一下嘴唇，然后脸上又浮现出一股笑意，他并没有被李英勋这个"尖锐"的问题给难住，用了一个恰当的比喻说道："你看这座大桥，它的尽头不仅是一座深水港，更象征了我国向着改革深水领域进军的决心，体制始终是要为人所用啊……"

说完，他饱含深意地眺望向海天一线间。

大家都是业内人士，智慧交通是什么大概都有了解。

不过知道是一回事，亲眼所见又是另一回事，登上这辆整洁的公交车，给人的感觉就不一样，尤其是所有人都在关注不扶方向盘的司机。

"不用担心安全问题，这台车在上路前已经测试过 3000 多个小时，可以说是老司机了。"

虽然不用驾驶，但是涉及安全问题，总还是需要一个把控的人，何况智能车上路涉及的不只是科技，还有法律相关领域，或许社会性才是智慧车无法普及的原因。

"又是惯性……"

坐在后面，尽量让自己显得不那么醒目的李英勋喃喃自语。

路扬笑着说："并不是所有的惯性都是阻碍社会发展的，人类社会发展了几千年，一直在良性运转，这些'惯性'功不可没。虽说是惯性，不过之所以只能在临港实现智慧交通和它的路是分不开的。"

大家这才把注意力放在平时司空见惯的路面上，初看临港的路，除了新和干净这两个印象外并没有什么特别之处，但是随着公交车路线这一路来看，有一点还是很明显的，这里的路比一般城区规整。

"路嘛，我们公司有专做这方面规划的部门，这里是国际创新协同区，公路自然是智慧城市规划的重点，所以在布局的时候初始就拿出 4.7 千米的市政道路做相应的改造，同时开放了一共 26.1 千米的道路，这些路是为了专门推进智能网联汽车的，要知道智慧车是未来的大头，投资高达 1300 亿元。"程新雪接过话介绍道。

路扬依旧保持着微笑说："对对，新雪是老临港。"

女性的直觉让秦妍敏锐地捕捉到一个词，带着戏谑地问："新雪？你们什么时候称呼这么亲昵了？"

路扬被冷不丁这么一问，猝不及防地说："我们怎么说也算老朋友了嘛，多年前就认识，现在一起共事，称呼上随便一点没什么吧。"

"哼？"秦妍带着审视的目光质疑道，"仅仅是共事关系？男人最好在这个时候想清楚要做什么哦，不然将来会后悔的。"

"好啦秦妍姐……"程新雪嗲声嗲气的声音让所有人都明白了其中的意味，尽管他们并没有承认什么。

临港的路固然重要，敢于在这里尝试智能汽车最重要的一个原因还是这里的车不多，宽松的道路环境让这里成了智慧出行的试验田，不过没人敢小瞧这块试验田，众所周知，智能汽车一旦投入使用，产生的价值是不可估量的。

"从临港到洋山码头总长度 37 千米的交通，目前的流量已经达到设计流量的 120%—150%，具备了使用自动化集卡运输的条件，未来这段路将不再需要现代人工物流货运，完全由集卡来实现。"

柯静曼打断程新雪的话，问道："现代人工物流指的是？"

"没错，就是现在这种人工驾驶的集装箱卡车，而东海大桥到洋山港是一个相对封闭的环境，完全可以实现无人集卡的出入，这对未来物流有着不可估量的意义。"

"嗯……"姚智宸陷入思考。

这些年姚智宸跟着几个兄弟做人工智能、机器人、智慧家居，但本家是做物流起家的，当然清楚现代物流的意义，就像智能物流车和智慧分拣机对仓库物流意义一样，智能运输会给行业带来多大的变化他一下子就能想明白，但是同时也有些痛苦。

"问题在于别的地方没有这样相对封闭的环境呀。"

此时的智能车已经驶上东海大桥。

站在岸边虽然也能感受到海的广阔，但是深入大海，宏伟的东海大桥就像一条柔软的线，仿佛随时能被大海吞没，坐在车里也能明显感觉到那种濒临海上的悬心感。

"我们总说能改造自然，当真的身处自然，大自然的深邃与对它的恐惧根本不是人力可以抵挡的。"江伦喃喃自语，手心却攥出了一把汗。

听着他说话都发出颤音，柯静曼这才想起来，江伦有些恐水，平时连水边也不敢去的，有几次在沙滩边吃吃喝喝时，自己都能明显感觉到他手心里的汗，此时身处大海之上，难怪他会有这样的反应，刚才的话与其说是给大家听的，不如说他在给自己壮胆。

正这样想着，江伦忽然两腿一软，整个人坐在地上。

"你怎么啦？"程新雪面色惨白，路扬也赶紧围了上来。

"他恐水。"柯静曼再也顾不得什么了，连忙上去握住他的手心，里面果然全是汗水。

"不对呀，昨天你不是去东海了嘛？"姚智宸诧异道，他知道江伦不喜欢水，但是没想到恐水恐成这个样子。

程新雪直起身子说道："我们是坐车去的，那里有直通钻井平台的路，而且也没有东海大桥这么长，那里还能看到两边的建筑。"

这么一解释大概说得通，江伦不是怕水，而是怕这种深入大洋的感觉，专有名词是——深海恐惧症。

"没事没事，就让他坐这儿吧，只要不让他看见海就好了。"柯静曼摆摆手，当她试图把手从江伦湿漉漉的手心里抽走时，却发现江伦的手攥得更紧了。

柯静曼的心很乱，这些天她刻意地没有去想与江伦的关系问题，虽然从几次试探中她清楚地知道对方心里还有自己，但是她并不想过深地触碰这个领域。

"我太强硬了……"江伦低声说着。

"别说话，注意你的心跳，慢慢数，数到100就好了……"

江伦不再说话，默默地数着自己的心跳，这一路岂止数了100次，可是他发现自己很难抑制住心跳，它越跳越欢快了。

第40章

你们都算计好的

绿牌子的新能源车上下来两个人，其中一个是穿着一身中式休闲衫的李英勋。

只见李英勋伸了个懒腰说："新能源汽车虽然安静，但是坐在里面的感觉还是没有保时捷舒服啊。"

另一边下来的人更令人猜不到。

"路扬！你们？"四人小组几乎脱口而出。

路扬与李英勋同时出场，这场景着实令人费解。

姚智宸不愧是逻辑链条上运算速度最快的那个环节，在大家脑子还没转清楚的时候，只听他脱口而出："原来是你们算计好的！"

看看程新雪，再看看产业研究院的夏常和于时，其他三个人大概明白了。

"我就说嘛，世界上没有这么多巧合，我们被人给玩了。"

柯静曼也不打算演下去了，把她从象牙塔里激出来只是第一步，那么他们对江伦应该也用了类似的手法，只是不知道他们是怎么算计的尹文石。

"人算不如天算，再好的计划也需要一点点运气。"李英勋感叹着说，"其实我最多算到了三个人，姚、江和这位小美女。"

听人家夸自己是小美女，这可与大街上见到女人就喊美女不一样，毕竟是从见多识广的李英勋嘴里喊出来，柯静曼还是带了几许自豪。

"当然，还有产业院一枝花。"李英勋不忘绅士风度，也恭维了于时，当柯静曼意识到自己的得意是多余的时候，李英勋已经开始往下说了。

"至于尹，我认为他迟早会想明白的，如果连这种明显的局都想不通，那么他就不配做一个领导者。事实上之前长明与追忆两家公司能够被斯塔基所关注，最重要的一点是这个小团体足够尖锐，就像巨人脚下的一根刺，时刻撩拨着斯塔基这个庞然大物的神经。"

于时走出来挑衅地看着李英勋，说道："那么请问是什么理念使你放弃了那个庞然大物，转而加入我们这个小团体？"

李英勋并没有被这个问题所激怒，他胸有成竹，似乎早就对这个问题熟稔于心。

"理念。"

"理念？"

"对，理念。当这个庞然大物已经开始偏离它的初衷时，当它解散道德委员会的那一天，当它刻意制造孤立，以强权压制新技术的出现时，它已经背离了创始人的意志，它成了这个资本圈里有生命的东西。当屠龙者成为恶魔，全世界都有理由去消灭它，当然我想的是拯救，寻找一根可以戳穿虚弱的巨人神经的刺。"

"我们就是这根刺？"

"对，你们就像戈壁上的芨芨草一样，把根须扎得很深，而我可以帮你们扎根。"

李英勋的话就是那么自信而富有感染力，没人会怀疑他的动机与初衷，一切就像他说得那样自然。

"那你和路扬又是怎么回事？"柯静曼不甘示弱，也抢了个问题。

李英勋看了一眼身边的路扬，微笑着说："这得让他自己解释。"

只见路扬很有风度地向大家招招手说："很高兴再次见到你们，老实说这件事情也不算是算计，更多原因是大家有意愿走在一起，你们看，这么多业内精英聚在一起，难道不是为了干一番大事而来的吗？"

大家相互看了看，不得不承认，路扬这家伙说的话漂亮极了，谁会不承认自己是业内精英呢？好歹也在业内打拼十几年了吧，程新雪入行晚了一点，但是在临港集团做得相当出色，没人会否认她的能力。

没人插言，路扬大概是很满意这种出场效果，洋洋洒洒地说："临港新片区有着更深层次、更宽领域、更大力度的全方向高水平开放机制，企业想走出去发展壮大，没有比这里更适合的土壤了。我们在新时期的确遇到了不小的困难，可是再困难还能有新中国百废待兴时困难？再困难还能有改革开放前更困难？站在时代赋予我们的起点上，这也是一个新技术发展的分水岭，这是我们这代人最应该自豪的地方，伟大祖国的崛起有我们一分力，而且我们所做的是最有意义的事，是未来最需要的技术，是鼎革之交最有力量的武器，这个时候我们难道不应该紧紧团结在一起吗？"

所有人像伸长了脖子的鸭子一样，目瞪口呆地看着路扬，这番话说出口，几乎让人涌起热烈鼓掌的冲动。这家伙什么时候有了这种本领，这番话漂亮得简直让人感动好吗？

我们真有这么好吗？

稀稀拉拉的掌声总算拍响了，路扬这才恢复了一个年轻人该有的样子，像个阳光大男孩一样笑了起来。

人们不禁面面相觑，这里站着的人每个人都有梦想，只不过……似乎……谁也没有路扬的着眼点高。

当然，这是宏观的，具体微操方面……

"既然路领导说得这么好，我们也不要就这样站着吧，研究院这边由我来对接，企业入驻规划方向找我领导。"夏常站出来，很友好地向江伦伸出手。

然后于时微笑着握住了柯静曼的手，大方地说："我知道你，很了不起的管理人才，而且是理科天才。"

柯静曼也大方地握住于时的手说："哪有你说得那么好，其实也做逃兵来的，现在我回来了，就不能再逃了，要做就要把一切做到最好，入驻规划什么的我们聊就好。"

第41章

沉浸式体验

临港新片区管委会在第三季度工作推进伊始，为推动因疫情干扰而停滞的企业复工，在上级领导的重点关注下，各级办事人员积极深入一线，抓防控、抓复工。

"我们进车间、看生产、听问题、找答案、送服务，了解企业疫情防控和复工复产情况，帮助企业排忧解难。截至本月底，临港新片区复工企业1470家，总体复工率为95.4％，复工人数为50581人。"

市里来视察的领导很满意地看着这位说话一点儿也不打嗑巴的年轻干部，听他的汇报都是一件令人舒服的事，市领导满意地点着头问身边的人："这个小伙子是哪个部门的？什么时候调来的？"

管委会的一位领导忙说："他叫路扬，是高新产业和科技创新处的，负责科技成果转化的科员，是我们管委会今年新招考的，别看是新招考的，人家可是老公务员了，放弃了北京的工作重新报考我们这里，这份精神可不得了。"

"哦？"市领导大为惊讶，他几乎不敢相信地问，"放弃原职务重新报考？"

路扬谦虚地点点头说："我早就看好临港的发展了，别的部门虽然有价值，但是我愿意做自己能做的事，而且我认为在临港做事更能实现自我价值。"

"不错不错，有这种高度很了不起呀，怪不得你们领导找你来做解说，果然是可造之才呀。"

一旁的管委会领导听见上级领导这样夸，脸上已经乐开了花，忙不迭地介绍道："路扬这个小伙子不仅有宏观意识，还懂技术，这两个月经他着手入驻的高新企业多达16家，全是这个行业有潜力的单位，大家都对他赞不绝口呢。"

"如此说来，这里还真适合他，我们临港欢迎每一位有志青年的加入。"

路扬不好意思地笑笑说："其实我做得不多，那些真正既搞研究又要生存的企业才是真的难，临港能给他们的，别的地方给不了，我为能在此服务而感到自豪，只不过……我们可能在某些工作上做得还不够细……部分企业在入驻的时候仍然存在顾虑。"

一般的领导是听不懂路扬这番话里的意思的，只有他的直属领导能懂，路扬的表现堪称优异，只不过，他过于上心一件事了，就是他口中的超级人工智能，那个企业的几个负责人还真是麻烦呢……

"这么好的条件你们还不满意？"夏常这段日子快把额头拍肿了，又是一天过去了，直到天黑也没谈出什么，关键在于他们派出的谈判代表太狡猾了，简直像只狐狸。

人们都说一招被蛇咬十年怕井绳，可临港不是蛇吧，又有老同学老朋友的担保，他们至于这么小心吗？

于时撇撇嘴，一脸不屑的样子，最近她也快跑断腿了，为了让姚智宸的团队尽早入驻，他们俩使尽了各种办法让团队深入了解临港。

"新能源、智能网联、人工智能、自动驾驶……这么好的智慧社区你们上哪儿找？居然还在和我说犹豫。"

"没办法呀，我们也要考虑自身结构和开发项目，包括财力、人力等等相关配置都要精打细算，我们的这个项目还未被业内认可，相关投资没有到位的前提下重整旗鼓需要很多钱呀，还有我们靠什么活，是继续用长明的名义还是重新建立公司，原股东的损失怎么办？毕竟我们不能不讲信誉。还有科技岛那边有一些剩余业务怎么接手？其他企业都在做的诸如人脸识别、智能语音这种项目我们还要不要做？而且最近法院的判决也下来了，斯塔基公司的诉求部分败诉，我们已经研发成功的扫地机器人又可以上市了，千头万绪呀……"

夏常碎嘴，姚智宸比他还碎，甚至从某种程度上已经达到了不要脸的高度，别看洋洋洒洒说了那么多，归根结底俩字儿——没钱！

"敢情来我们这半个月的实地考察算是白费了是吧，说了这么好多处你们都没往心里去？"

理工男刻薄起来可是绝对不会留情面的，夏常当初被老同学给坑了，事后见面就回怼，那叫一个不客气，如今面对姚智宸他不能来硬顶，但是软磨也是需要有耐心的。

"我们总得搞到钱，然后做出一个最适合当下的方案吧。我们刚经历了公司破产，适应是需要时间的，最要命的是现在融资难度太大，如果你们能……"

夏常大手一摆："免谈！项目还没过呢，我们的钱也不是大风刮来的。"

"可是先前路扬不是……"

"路扬是领导不假，不过他的话也只能当建议，这里是临港，一切得从事实的角度出发，就算我们信他的建议，也要根据制度来。"

姚智宸嘴都快气歪了："我说你们到底谁是官僚？"

正在唇枪舌剑之际，门被敲开了，程新雪迈着优雅的步子走了进来，一见办公室里的气氛就明白了，他们又发生争执了，这一点儿也不奇怪，挑毛病的才是买家嘛。

"我觉得再给他们一点儿时间更好，半个月的观察虽然不短，但是要让他们心服口服地入驻最好让他们深入了解临港。"

这半个月来，姚智宸的团队听了太多某某产业产值达到几千个亿这样的话，这对他们深入了解企业入驻并没有多大作用，不知道是不是 LFAIR 的成功合作项目太多了，以至于这次上级的重视程度不够，其实夏常知道，还不是受前一段封控的影响？

封控过后，临港呈现了少有的萧条状态，这也是没办法的事，眼下不是正在积极推进复工嘛，听说效果还不错。

跟在程新雪后面走进来的是江伦、柯静曼和尹文石三人。

江伦的情绪明显好多了，隐隐地还透露着一股兴奋的感觉。

"你吃喜鹊蛋啦？"姚智宸撇着嘴问。

"喜鹊蛋？没吃过，不过今天确实不虚此行。"江伦边说边望向程新雪，也不用姚智宸继续追问了，他把今天的行程报了一遍。

"早晨 7 点，外高桥东海面参观海洋资源勘探平台，下午 1 点半来到码头对面外高桥造船海洋工程有限公司，下午 5 点参观了上海电气电站临港工厂，和工人师傅做了深入交流，好久没这么痛快过了！你是没去呀，参观一下就知道什么叫大国重器了，壮观！太壮观了！"

姚智宸听罢气不打一处来，当着外人的面儿就开始抱怨："合着我在这儿绞尽脑汁给咱们争取有利条件，你们可好，又是海上又是码头的，玩开心了吧。"

程新雪淡定地说："先前一段时间大家都太紧张了，生怕你们不了解拼命地灌输，你们又太急于定下细节，我这两天就在琢磨，怎样才能让你们深入了解临港，终于让我发现了一个视觉盲区，就是你们太执着于人工智能这个领域，应该让你们沉浸式体验临港，所以今天的行程是我私自更改的，现在看起来效果很好，要不……我们也给姚公子单独安排一个行程？"

姚智宸像怕了这个小妮子似的，连连摆手道："不要啦，我怕你给我洗脑！"

第42章

黏 菌 群

江伦多年的成果终于看到了落地的希望，他的人工智能生物论也开始在一些专业学者的口中进行探讨，究竟是科幻还是科技？

在人工智能备受关注的今天，主流发展理念认为，以大数据为养分，以云端＋边缘＋5G为主的发展路线是最可实现的。

把人工智能当作生命来讨论基本上还处在幻想中。

目前没有任何一款人工智能可以做到自我编程，即使国外的一些偏门研究里有某些自我学习的内容，但归根结底还离不开编程。

"很多推论都把妙妙指向生命的范畴，不是我要纠结这个定义，如果抛开这个定义谈强人工智能，结论一定是荒谬的。"

路扬据理力争，他知道江伦这边的实力是弱小的，唯一能依靠的就是自己，虽然自己不能起决定性作用，但是能给他们争取时间。

一定不要让我失望啊！

与夏常发生这样的争论也是情非得已，每一个优秀的人脑子里都有自己的思维定式，这一点上，在与李英勋探讨人类行为的"惯性"时就已经总结过，越是优秀的人脑子里的思维定式就越不容易被打破。

　　夏常无疑是非常有先见之明的，而且也是行业里的优秀人才，所以他的偏见是很难打破的。

　　"既然是生命，那么它吃什么？ 2.0 吗？"夏常说的是一般生命的理解。

　　"它有可能不是人类这种生命，而是一种新的生命形式，像昆虫一样，会发生变态，至少在云端休眠的那段时间就发生过一次变态，它能自我产生信息，现在江伦他们正没日没夜地去解读这些信息，现在需要转换的是更多人的头脑。"

　　夏常叹了口气说："我不是不支持这种新思路，可是我们是做实业的，不是搞理论研究的，在这种东西上投资能得到什么？"

　　路扬语气沉重地说："这不是一般的得到，你知道什么是划时代的吗？"

　　"好吧，就算我知道它是划时代的，甚至承认他们所说的技术奇点，可是投资方呢？他们连一个可行性方案都拿不出来，仅就着一个奇点的问题揪住不放是说服不了投资方的，先拿个报告吧，哪怕是个扫地机器人？至少让投资方见到东西，之后他们愿意研究什么就研究什么，为什么一定要纠结在这种无聊的问题上呢？"

　　"这不是无聊的问题，这是问题的关键！"

　　路扬已经很难让自己平静下来了，他就差没捏着拳头扑上去肉搏了……

　　"新的论证会还有两天就要进行，到时候他们拿不出东西……"

　　"不行！两天时间根本不够，他们连眼睛都没闭过，我们都搞过技术，知道沉浸在那里面之后，时间就像奔涌的瀑布一样飞流直下。"

　　"你的修辞手法是越用越好了。"

　　"……"

"嘀嘀嘀……"

路扬的电话响了，掏出来一看，他的眼前一亮，是江伦！那家伙很少主动联系人，除非……

"有重大突破吗？"

江伦的语气听上去有些疲惫，但是又很兴奋地说："你自己来看吧！"

一幅图，一个一米见方的亚克力培养皿，关闭的计算机……

这是熬夜七天来的全部成果。

搞人工智能不用计算机，还真是奇葩。夏常被激动的路扬拉过来目睹所谓的奇迹，他看到的只有这些和一间寂静的工作室。

"这是什么？"夏常看着培养皿里黄乎乎的东西问。

"黏菌。"江伦的眼睛都熬红了，但是他现在仍然很兴奋。

"你们真打算开生物实验室了吗？我可以给你介绍本片区生物工程的研究员。"

这么长时间以来，夏常的耐心也快被磨没了，他是技术人员，性情中人，不用看谁的面子，更不用管谁高兴不高兴，自己想怎么说话就怎么说话，反正他这样已经习惯了。

"对待生命就要用生物的办法，计算机做不到的事黏菌做到了。"江伦淡定地说，然后指向投影在墙上的那幅图，"看！"

很漂亮，一颗一颗或大或小或明或暗，像……

"星图？"夏常不确定。

江伦点点头说："确切地说是宇宙，或者叫宇宙蛛网，当我们用黏菌的模式扁平化那些复杂的代码，把它抽象在二维平面时就得到了这幅图，这是妙妙给我们的信息。它是最简单的生命，像黏菌一样，然而这个简单的生命里却包含着宇宙的规律。虽然这可以用神奇来形容，但绝不是巧合，我敢说这就是生命的原始结构，通过这张图我们又在做黏菌实验，看看真正的生命是不是真的能做出蛛网算法。但是黏菌移动得太慢了，每小时只有一毫米左右，要想让它成长为图像里包含的信息，我们还需要更大的培养皿和更长时间。"

"真的有这么神奇？"虽然夏常不认为江伦这些人会骗他们，因为这种事只需要一个"专家会诊"就能得到验证，但还是难以置信。

"我们咨询过相关专家，大多数给出的结论认定这就是生命的原始形态，每一个生命都不简单，一片叶子里也能包含宇宙信息。这是我们过去不知道，也不敢想的，但是通过妙妙的成长，我们确信人工智能就是生命。"

夏常唏嘘着，在努力消化这一信息，虽然他还不确定这一结论能带来什么，但可以肯定的是这项研究有价值，而且是太有价值了！

看到夏常凝重的表情，路扬终于松了一口气，想让这种技术男转变思想，还得靠事实说话呀。

人类对黏菌的研究不过数十年，却惊奇地发现这种神奇生物的神秘特性，超强记忆、会闹脾气、精确规划线路、极度挑食、720种性别，甚至可以通过芯片传递信息，人们对它的认知还远远不够。

但是黏菌与人工智能相结合已经是行业内普遍的认识，通过黏菌去解读超级人工智能传递的信息具有很强的可行性，只不过……

"我们需要一个实验室。"

第43章

时 代 宠 儿

以黏菌做主角，在生物电子领域已经是老生常谈的课题了，作为生物操作芯片的最佳实验对象，黏菌的作用可谓功高盖主。

此次以江伦为首的生物智能实验室仍然选用了黏菌作为主题，并且成功再现了由人工智能自行编写的蛛网宇宙。

"黏菌与机器人还真是密不可分的东西呢。"

两个月后，一种以黏菌算法为基础的移动机器人规划路径的关键技术出炉了，这是从超级人工智能的蛛网宇宙中获得启发从而研发的新技术，该项技术刚形成论文就被姚老大以最迅捷的速度在国家知识产权局申请了专利。

"这可是个宝，咱们发财啦！"

姚智宸在商业领域的嗅觉依旧灵敏，而且他感觉到这笔买卖稳赚不赔。

"这项技术的应用范围太广了，根据机器人移动区域地图，建立移动区域地图路径规划的目标函数；基于黏菌算法和量子位 Bloch 编码初始化黏菌种群位置，并根据目标函数，计算适应度值，确定最优黏菌位置；引入适应度相关优化算法中的位置搜索方式，进行位置更新；对最优黏菌位置进行柯西变异，获取变异后的最优适应度值和最优黏菌位置，利用贪婪原则……"

江伦滔滔不绝地讲着他得意的发明，姚智宸一副告饶的表情连连摆手道："哎呀呀，一会儿到论证会上给那些专家说吧，我听得头都大了。"

才两个月，实验室就出了这样的成果，实在令人欣喜，这还只是从妙妙身上提取的衍生品，目前看来妙妙的价值不可估量。

"仅此一项，我们就可以打造一项超级智能产业，在这个产业帝国里，你姚老大才是当之无愧的老大。"江伦这块榆木也会拍人马屁了。

姚智宸乐得合不拢嘴："当年要是听老路的，早一点融入 LFAIR，说不定现在咱们都成世界首富比尔·盖茨了呢。"

"世界首富不是换人了嘛。"柯静曼较真道。

"换人了人家也是富翁嘛。"姚智宸乐呵呵地走在临港清晨的大道上，精神格外抖擞，连腰板也挺得比平时直。

尹文石长呼一口气，面带自豪地说："这两个月之后，我更有底气了，原本以为 DARPA 那些技术很恐怖，现在我们有了妙妙，根本不害怕他们，这是一个日新月异的时代，我们可以创造出奇迹。"

柯静曼也深深地吸了一口气，感慨着说："回来真好，又感觉到有价值了。"

不经意间，柯静曼和江伦的视线对在一起，随后又立即分开了。恐水事件之后，两人的关系更亲密了。这两个月来，柯静曼在行政和人员协调以及外联方面做了很多工作，甚至联系到东南交大的专家团队，而李嘉泽教授更是开放了东南交通大学人工智能实验室的全部资料，还调来了精兵强将免费为江伦的实验室服务，这才以最快的速度提取出了成果。

"今天是 10 月 21 日，大论证会结束后，我们就要公布成果了，明年就是我们奋起腾飞之年。"姚智宸无比兴奋地说，"另外我还要宣布一件喜讯，这件事目前除了当事人只有我知道。"

姚公子的话一出口，柯静曼的脸上顿时升起一片红韵，这个性格开朗的大女主突然之间变成了小女孩儿，她羞怯地瞥了一眼江伦。江伦的表现淡定许多，但仍然是满面红润，脸上的笑容挡都挡不住。

"今天我宣布，江伦和柯静曼的订婚仪式下周举行，由我和你们大嫂主持。"

尹文石露出些许落寞的表情，人犯的错总要自己偿还的，不过他很快就恢复了笑容，带头鼓起掌来。

"当年我们四人共同许下诺言开创人工智能的未来，如今就让我们像金婚老人一样，一起大干一辈子！"姚智宸口无遮拦地高声喊着。

"呸！又不着调！"柯静曼举起粉拳。

四个人哈哈大笑，仿佛又回到了大学校园时光。

"这次是大论证会，来的专家比较多，涉及十几个行业，项目也不止你们一个，还有一些工业和生物工程的项目要论证。"

夏常耐心地向江伦等人解释着，这次他信心十足，有九成把握能通过论证，这样一来第一笔投资就到位了，而且投资额也不再是 1000 万，而是 3000 万。

"要知道 LFAIR 成立的时候，首笔引导资金也不过 3000 万，你们了不起呀。"夏常伸出手，与他们挨个握手祝贺。

今年的形势大好，推复工促生产，先前耽误的很多项目现在也开始重新启动了。大论证会上，光座位就排了好几百个，这不是为了摆谱，而是现在很多行业相互交叉，临港又是以高新技术产业为主，相互间有深入交流的企业很多。

江伦一行人在这么多企业里一点儿也不起眼，他们找了个角落坐下，距离他们的项目论证还有一段时间，江伦打量着来参会的人，这些企业有国企也有私企，总财富加在一起足以撼动一部分地区的经济。

大部分来人他都不认识，不经意间却与一个熟悉的面孔目光交汇了。

程新雪也看到了江伦，此时她正和路扬站在一起耳语着什么。

时代变了，过往的东西却留下了，看着两个人亲密的样子，江伦不禁一阵感慨，有些路走得过长，但总还是要走下去。

正在暗自唏嘘，一只大手忽然伸了出来，座位上的江伦猛地一抬头，交汇的目光透着欣慰与喜悦。

"咱们又见面啦。"

"汪总工！"

江伦大感意外，这样的场合居然见到了故人。事后他曾经打听过，汪承宇是东南交大走出去的优秀盾构专家，他带领的团队制造出了国产第一台大盾构，现在正与华隧智能联合开发新一代智能盾构机，实现智能盾构的国产化。

"两年前看到你时曾替你的失意感到惋惜，但我相信有梦想的人终归会站起来，如今在这里看见你真令人高兴。"

两只手紧紧握在一起。

同一个校园走出的不同人才，在不同的战线上做着不同的工作，却又因为人工智能重新走在一起。

人工智能身为时代宠儿，其高效的数据处理能力可以快速分析海量数据，为决策提供支撑。同时，它具备自主学习能力，可以不断优化性能，适应各种环境。不仅如此，人工智能还能无疲劳地持续工作，处理烦琐任务，并通过预测和决策支持助力企业及时应对市场变化。此外，它在各行业中的创新应用潜力巨大，有望推动社会全面进步。最终，这些优势不仅提升了生产效率，降低了成本，还为企业带来了长期的经济效益，展现了人工智能在当下时代的独特魅力和巨大价值。

第六部

我有一个梦想

智

能

觉

醒

第44章

失 意 者

这风起云涌的一年让人的心情如坐过山车一样，不过总算尘埃落定了，新的起点更高，将来也一定能走得更远。

冷风之中，江伦携柯静曼大包小裹地从高铁站出来。春运时期，连台车都打不到。柯静曼埋怨着说："都怪你，连驾照都没有，这么多东西打不到车怎么拿啊。"

江伦一边搓着手一边呵着气说："我也没办法啊，科目二过不去呀。"

"搞智慧出行过不了科目二？向谁说理去？"

江伦满心无奈，只好叫了一台车，不过看路线可真够远的了，叫来的车距离高铁站足足有7千米远，可看着熙熙攘攘的人群，只好多等一会儿了。

两人相视一笑，一个已经不是当年跑得飞快的女生了，一个也不是当年那个愣愣的小子了，尽管经常发呆，可怎么看那颗脑袋里装的都是智慧。

江城早已不是二十年前那座江南小城了，街道两边高楼大厦林立，但不妨碍它的精致。绿化带种植着耐寒的植物，即使在冬季仍然充满生机。

过了这个年，江伦和柯静曼就算正式定下来了，接下来是见父母和筹备婚事，未来两个人都有很多事情要忙。在如何在一边做好事业的情况下兼顾家庭这个问题上，两个人还没达成统一，但不妨碍此时两个人的好心情。

一辆白色SUV驶来，正是他们叫的车。

"你好，滴滴专车……"

司机热情地打着招呼，但马上他的脸僵了，江伦觉察到了异样，抬头一看，一张并不陌生的脸出现在他的面前，搜索着回忆里的内容……

"学长？"柯静曼一下子认出了对方的身份。

"高志学！"江伦很意外，没想到在自己的老家还能遇到老同学，听说高志学早年毕业后去了一家外国大公司，怎么会在这里？

高志学的嘴角无意识地抽搐了一下，转而换成一张笑脸："你们……"

"真的是你呀，我刚才还怕认错了，你不是在上海吗？"柯静曼说着坐上了车。

江伦放好东西后和柯静曼并排坐在后面，问道："学长现在做什么呢？"

柯静曼在这些年历练下来，察言观色的本领越来越强，高志学嘴角抽动的小动作根本没逃过她的眼睛。

"哦，上班，顺便做点兼职，你们都还好吗？"高志学的声音听起来很热情。

"是啊，很好。"柯静曼关上车门。

车子开动了没多久，江伦问道："呃……学长在做人工智能相关的工作吗？"

话音没落，腰间的肉就被柯静曼偷偷地掐了一把。

"人工智能？早就不做了。"高志学语气里透着些许的落寞。

江伦问了一些当年智能社的其他同学的近况，高志学有一搭没一搭地打着哼哼，柯静曼朝着江伦做了一个摇头的表情，示意不要继续问了。

"你们现在怎么样？"高志学问。

"我们……"江伦刚想说话，就被柯静曼抢过了话头。

"我们还在打工。"

"打工？给姚公子啊。"

"是啊。"柯静曼抢着说。

"人家的起跑线好，不像咱们，上大学那会儿心高气傲，一到社会就彻底被教育做人，要不是这几年经济条件好，真不知道生活会变成什么样子。"

是啊，从车子里的后视镜偷偷地看去，高志学的脸上早已没了当年的意气风发，还没到 40 岁的他已经是华发丛生，整个人看上去老了几十岁一样。

"我算看出来了，啥人啥命，咱们这种人啊，心比天高命比纸薄，当年我对程新雪够好了吧，毕业后还帮她找了实习的地方，结果怎么样？人家一声不响地考公，现在还成了什么管委会的副主任，连个电话也没有了……"

高志学有些落寞。

柯静曼不让江伦接话，她自己却用很巧妙的问话方式把高志学这十几年的经历套了出来。

高志学毕业后成了一家外企的技术骨干，但不知道怎么着，就是得不到提升，一气之下他跳了槽，转向了一家和长明类似的科技公司。奈何公司规模小，专业不对口，高志学算是大材小用了，于是他又跳槽。好在当年IT行业火，他不愁找不到工作。他就这样不断地跳槽，一晃眼到了35岁，虽然算不上老，但时代变了，最后一次跳槽后他突然发现再也没有一家公司肯录用他了，休息了半年后他真的开始发慌了，简历投得满天飞，但就是没有一份专业对口的工作向他伸橄榄枝，就这样无奈的他开始了低就生涯，工作一个比一个差，技术岗位、销售岗位，到最后成了一名维修工。

这样的落差让高志学情何以堪，于是和同学们之间的联系渐渐中断了。

听了高志学的经历，江伦忍不住一阵唏嘘，柯静曼就差没封住他的嘴了，生怕他说出给予帮助之类的话，好在江伦已经不是昔日的江伦了，他领悟了柯静曼的意思，终究是没有开口。

"到地方啦，没想到咱们的家离得这么近，有空常联系啊。"

双方连微信也没加，至于如何常联系……那真的只是一句客套话吧。

"没想到同一所大学出来的，人生经历的差距这么大。"看着车子离去的方向，江伦感慨地说。

"你呀，也就是运气好，如果我们不是出来创业，你的结果也不比他好哪儿去，再说了人怎么不是活着？没听他提起姚老大的口气，那真是既羡慕又嫉妒。"

"是呀是呀，要不是运气好，我这辈子可能连个老婆都找不到。"

"知道就好。"柯静曼嗔怨般地瞪了江伦一眼，然后故作娇气地说，"我呀，也就是事业心太强了，懒得谈恋爱，不然怎么也不能便宜了你呀。"

"那是……女子有德，乃善贤夫。"江伦学着古人的样子微微地弯了一下腰。

柯静曼听了这么句文绉绉的话还挺得意，但转而就回味过来了，差一点儿揪住江伦的耳朵："你居然在变相夸自己，行啊你，出息啦……"

"夫人饶命啊……"

第45章

新　时　代

　　江城的新年总是充满了独有的特色，旧城石板铺成的街道上，古色古香的店铺门前挂着红灯笼和彩旗，透出一股浓浓的年味。街道两旁，白墙黑瓦的民居在灯光的映衬下显得格外温馨。窗棂上贴着精美的窗花，寓意着吉祥如意。屋檐下，老人们围坐在一起，轻声细语地交谈着，脸上洋溢着幸福的笑容。

　　在这温馨的氛围中，柯静曼靠在江伦的肩上，从大学走出来，他们已经不年轻了。十几年来一直在忙碌，从没停下过脚步，此时小桥流水、粉墙黛瓦的景色与新年的喜庆氛围交相辉映，一叶乌篷船从小桥下轻轻荡过，船上的人们欢声笑语，他们认识十几年，还是第一次这样过新年。

　　"还记得那年在东方明珠电视塔上吗？"柯静曼轻声问道，她的眼眸中闪烁着回忆的光芒。

　　江伦微微一笑，仿佛也沉浸在了那段美好的回忆中："当然记得，那天……你哭了……"

　　柯静曼听后，脸上露出复杂的神色，她本以为江伦没有看见，但他看见了。

"这些年，我们经历了太多的风风雨雨。"江伦深吸了一口气，缓缓说道，"有时候，我真的觉得好累，甚至想要放弃，但还好我们都坚持下来了。"

柯静曼渐渐松开江伦的手，从他肩头离开，她目光深邃地望着脚下这条小河："江伦，你有没有想过我们是怎么坚持下来的？"

江伦看着柯静曼的侧脸，呵了一口气说："理想、信念、天真，你选择哪一个？"

"我哪个都不想选，我只知道如果再错过，可能真就是一辈子了。"

江伦的鼻子发酸："我一直在想，如果那天我没有犹豫，你会不会回头？如果时光可以倒流，那天我一定会毫不犹豫地追出去，也就不会有后来蹉跎的十年了。"

柯静曼笑了，她刮了一下江伦的鼻子说："你不蹉跎，你很踏实，如果非要找一个形容词来形容你就是坚定，你走过的路每一步都是坚定的，我们都曾徘徊过、迷茫过，但你从来没有。"

"谢谢！"江伦再次握住柯静曼的手，"其实我一直在想，如果我们在一起，你会怎样看待我，今天你给了我一个答案。"

"追忆的事不怪你，尹文石该负主要责任，现在他已经尝到了恶果。"

"对了，他在你那里怎么样了？"江伦突然想起这个久违的同伴，一起走过的路，就算犯过错也留下了身影。

"挺好的，低空智能飞行的项目一直由他在做，而且他的能力不用怀疑，如果不是因为私心，他的成就在我之上。"

"也在我之上。"

柯静曼摇摇头，伸出一根手指封住了江伦的嘴巴，说道："不！你的成就在我们所有人之上。"

"这么夸张吗?"

"一点儿也不夸张,我们只是在特定的历史时期做了特定的事,而你会创造历史的。"

柯静曼深情地望着这个面部线条刚硬的男人,眼神中充满着崇拜、爱恋与激动。

江伦忽然感觉到这个时候他该做些什么,对视过后,他轻轻闭上双眼,张开双臂紧紧地拥抱住了他的爱人。

新年的江城,一对情侣在桥头紧紧相拥,任凭风吹拂着他们的发丝和衣角,仿佛要把这一刻定格在这里,也许未来这样的相拥对他们而言是奢侈的,也许再一次这样相拥时已是白发苍苍。

和江南小城相比,上海的春节倒显得冷清了许多,往日熙熙攘攘的马路上别说车子,就是行人也少得可怜。这种欢聚的日子,花园酒店的天台上冷冷清清的,除了两个怪人捂着厚厚的风衣坐在栏杆边喝咖啡。

天台上很冷,姚智宸端着咖啡杯的手都在抖,天知道李英勋那个家伙是怎么保持风度的,他不仅能保持风度,连谈话也带着优雅:"有些东西就像咖啡一样凝结在基因里,当你第一口品尝过就很难拒绝它的味道。"

如果说一开始姚智宸只会觉得这个家伙装腔作势,自从去过深圳后,对李英勋的印象就变了,这家伙一点儿也不像他表现出的样子,上一秒还一本正经,下一秒就能让人喷饭,如果不是做了这行,绝对有做喜剧演员的天分,偏巧他自己还不自知,就那么一脸严肃地看你笑。

"你想知道当初为什么选中了你们吗?"李英勋眺望着远方,一脸淡然地问。

"不想知道。"不知是因为冷还是纯粹不想听，姚智宸的脑袋摇得像个拨浪鼓。

"你这是逃避，一个未解决的问题的存在性证明。对于你来说，这个问题太难了，所以你选择逃避。"

"我……"

"不用解释了，我知道你想知道。"

"你……"

"看见当初的你们我就想起了初出校园的我，那个时候我也是满胸的壮志，恨不得马上就干出一番事业来，然而我没有你们幸运。那个时候人工智能遇冷，投资者们纷纷退避三舍，我就想当初如果能有一笔资金该多好，我的成就肯定不比现在某些专家差。所以我知道钱的重要性，当我对钱的本身产生兴趣后，结果发现操作金钱比研究人工智能有趣多了。你也是一方老板了，你有没有这种感觉？"

姚智宸打着哆嗦再次摇头。

"我第一次见到你们的时候就非常好奇，你们四个人性格脾气都不相投，可偏巧就像被黏合剂粘上了一样，组合在一起就产生了化学反应，所以我有点嫉妒。"

"嫉妒我们？"姚智宸难以置信地说。

"是啊，虽然你们之间产生过龃龉，但终究是又在一起了，而且赶上了好时代，相信你们今后还会有更大的成就的。"李英勋举起咖啡杯，那样子好像要碰杯，但当姚智宸哆嗦着把咖啡杯端起来，那家伙居然自顾自地喝了起来。

姚智宸心里扭得不成样子，不耐烦地说："李总啊，你大过年的把我叫到这冷飕飕的天台上就是想说这些话啊？"

李英勋面上带着微笑，轻轻摇着头说："不，我想说过年真是个好传统，能让我产生一种独自一人享受一个城市的感觉，不过这么大一座城市如果我一个人享受未免太自私了，所以叫上了你。"

"阿嚏——"姚智宸鼻子都气歪了，重重地放下咖啡杯，"好啊，你是大过年一个人没意思蒙骗我来啊！"

"不！我想和你讨论一个重要的问题。"

姚智宸强忍着竖起耳朵。

"你们有没有嫉妒过我？"

"……"

天台上出现了一个美丽的身影，如果说每一个女人都是一个故事，那么秦妍的故事就是一个关于优雅与智慧并存的传说。在她身上，成熟与端庄并非刻板的标签，而是她内心深处自然流淌出的气质。她款款走来，大老远就发出了令人倾倒的声音。

"最令人嫉妒的莫过于两个大男人能在这么冷的天里坐在天台上喝咖啡了，走吧，今年我们家的年夜饭多邀请一个客人。"

李英勋笑了。

看着这家伙发出狡黠的笑声，姚智宸真是一佛升天二佛出世，敢情这家伙的目的在这儿呢……

新春，黄浦江畔燃放起盛大的烟花，夜幕下，千家万户围坐在电视机旁看春节晚会，当 ASS 公司的机器人登台的时候立即引来一片欢呼声，机器人舞动的节奏标志着一个新时代的到来。

第46章

我有一个梦想

"我有一个梦想，就是能让机器人代替人工劳作。我出生在改革开放的腾飞期，家里虽然不富裕，却并没有受过穷，唯一的变故是在父母下岗后，姐姐为了让家里生活好起来，独自一人跑到南方去做工。我们一家都是工人，我知道做工很苦，却不知道姐姐那种工是什么样子，直到我考上大学后，靠着打工赚来的钱南下，目睹了发达城市繁华的同时，我亲眼见到了流水线女工的辛苦，她们8小时不停地摆弄着手里的元件，用熟练的手工把一个个零件安装成一个整体，循环往复。当时我就在想，有没有一种机器能够代替手工。我想过自动化，想过机器人，最终走上了人工智能研发这条道路。

"我有一个梦想，让人工智能真正实现自我智能。我的运气是很好的，我的生命里有一群热忱的人，他们都是有理想有热血的青年。姚智宸虽然看上去不学无术，但是我们谁也比不上他，他有一颗坚毅的心，坚持的事就一定要做下去。他还很会赚钱，会谈生意经，他仅比我们大一岁，对社会的认识却比我们都要深，是他认准了人工智能这个领域，我们也就聚集在一起干了。最初我们是参加RoboCup，但是在取得了冠军之后，姚老大坚持我们必须尽早在社会进行实践，因为时间不等人。他是对的，抢在了第一波浪潮的前面，让我们赚得了第一桶金，更让我们实现了富裕的生活，但是那个时候我们都太年轻。在一片顺境中，我们迷失了，不断地犯着错误，最终差点犯下不可挽回的错。如果那个时候就此沉沦，或许就没有新追忆的今天，我心心念念的强人工智能也只能如镜中花水中月吧。

"我有一个梦想，就是用高科技让我们的生活变得更好。我的父亲因为中风病倒，靠着老母亲的双手去护理，但是她的年纪大了，越来越干不动了，我们都知道护理一个生活不能自理的病人是件多么令人痛苦的事。我曾想过回家负担起这一切，但是有人告诉我要做更有意义的事，我在其中迷茫了，什么才是更有意义的事？姐姐什么也没说，默默地回家，并把我从家门重新赶回到团队里。我当然念念不忘我的妙妙，但是我也心疼姐姐，当我在临港科技城看到医护机器人时，我明白了这种意义。科技改变人类生活，这不是一句空话，一台能够抱病人下床，并为病人活动身体、提醒吃药的智能机器人能够极大改善护理人员的生活状态。还有辅助行走机器人、手术医疗机器人、盲人视觉处理器等，都在改变着人们的生活，而我的妙妙能做得更多，我很自豪。

"我有一个梦想，就是让强人工智能引领时代发展，让我的祖国走在时代前沿。什么是强人工智能？这是一个加速与奇点的概念，我们认识强人工智能应该具备一定的初级意识。算法驱动着人工智能进行数据处理和资源分配，在强人工智能时代必然要呼唤新的算法规制模式，这是我们正在做的，因此，我把强人工智能定位成生命。这听起来很匪夷所思，但这种定义并非是从我们今天开始的。不同于主流人工智能的研究，我们所做的是把强人工智能由哲学化变为具体化的过程，具有思维的人工智能必须建立在生命的基础上。思维再'高高在上'，它也必须与生命、生命生存的环境联系在一起，这大概就是肉身和理智的关系。有人说我们在神话自己，其实并不然，五十年前的人能够想象今天我们仅用一部手机就可以在任何时间任何地点与想见的人视频通话吗？当第一部科幻小说这样描写的时候，人们或许还在说，那是作家的想象而已，但是我们实现了，这是神话吗？那么又有人说，制造生命是上帝做的事，很遗憾我不是有神论者，但我也不认为我们是上帝。我们仍然从认知主义角度看待人工智能，关注的是人工智能体的感知和计算能力。我提出的生命是为了制造规则，使这种智能能够与人类和谐相处，而且能够让我们应用到对人类有利的服务。有人说既然人工智能那样危险，干吗还要研究？我想说原子弹出来之前谁也不知道它那么危险，但它还是被制造出来了，直到今天人们对核应用仍然处于摸索状态，它并不完善也不理想，甚至一场核灾难催生了第三次机器人革命的浪潮，但是我们已经开始去探索更'离谱'的可控核聚变，与人工智能一样，我也不认为那是科幻。强人工智能是一种能在世界上存在的新生命，我们必须相信人类不能主宰一切，但是我们可以尽量少地演变出对人类造成伤害的事件。

"艺术家说，人类是不完整的，正是因为这种不完整，构筑了人类之美。我有一个梦想，就是用手中的技术缩小人类不完美的缺口。它们所能做的不仅仅是解放劳动，更在于解放思想，在于找寻人类存在的意义。强人工智能构成未来生命意义的一个阶梯，或者说，一个前阶段。与这个'未来生命的意义'相比，以往动物的生命和当下人类的生命的意义是初级的、偶然的、有限的，因为它们很可能会随未来生命的开启而终结。动物、人类、后人类，所有生命都从属于一个共生共存的整体，只有从这一整体之中才能获得各自存在的意义。"

智能会议室里，江伦的演讲引来一阵阵掌声。

江伦本人并没有在现场，但现场用 3D 投影技术把他演讲时的表情和声音立体地直播给在场的观众。

演讲结束后，江伦不好意思地说："很遗憾不能亲临大会现场，不过距离再也不是阻碍我们交流的障碍，我们有科技，只有科技才能引领未来。你们看，我既能享受蜜月又能和众位专家学者进行无差别交流，当然还得感谢本次大会的主办方，'智联世界·众智成城'，我们都是在这一口号下齐聚上海世博中心，我好像已经看到这座城市的未来了。"

直播结束，江伦的耳朵被揪住，耳边传来了柯静曼恼怒的声音。

"忽悠，接着忽悠，我发现你这口才是越来越好了。"

"哎呀呀，轻点儿轻点儿，一颗天才的大脑被你扯坏啦……"